JN179984

公爵夫妻の幸福な結末

芝原歌織

white heart

講談社X文庫

目次

公爵夫妻の幸福な結末

公爵夫妻の幸福な結末
公爵家の人々
CHARACTERS
リュシアン
ルドワールの貴族・フォール公爵。女嫌いでひきこもりという残念すぎる美形。訳あってノエルと偽装結婚していたが、今では両想いに。
ノエル
父を捜すため、男装し宮廷画家を目指していた。「ノエルの双子の姉ノエリア」としてリュシアンの妻に。夫を一途に愛する料理上手の元気者。
イラスト／明咲トウル

セルジュ
冷静沈着な万能執事。ややSっ気
が強い。リュシアンに忠誠を誓う。
ブノア
おつまみを食べながら警備する公爵
家の門番。めっぽう強いが言動は雑。
リディ
可憐なメイド。リュシアンが大好
きだが、その想いは伝わらない。
キレると男（内緒）の地が出る。

イラストレーション／明咲《あさき》トウル

公爵夫妻の幸福な結末

序

柊《ひいらぎ》の生け垣で囲われた古い邸宅の二階。

薄暗かった部屋に朝の爽《さわ》やかな光が射《さ》し込《こ》む。

「旦那様《だんなさま》、そろそろ起きてください。朝食が冷めてしまいますよ」

カーテンを全開にしたノエルは、ベッドで寝ている邸《やしき》の主人に元気な声で呼びかけた。

いったん目を覚ましたリュシアンだったが、ノエルとは逆側に寝返りを打ってぼやく。

「私の朝食は準備さえしてくれれば適当に食べると言っておいただろう。朝は寝かせろ」

ぐーたらな主人をベッドの側《そば》から見下ろし、ノエルは盛大な溜息《ためいき》をついた。

「そう言っていつまで寝ているつもりです？　結局起きてくるのはいつも昼近くで、昼食になってしまうじゃないですか。そろそろ規則正しい生活をしてください。僕たち、やっと本当の夫婦になったんですから」

これまでの苦労が頭の中を駆け巡る。

王宮を飛び出して三日。リュシアンの父親の葬儀を済ませ、とりあえずノエルたちはフォール公爵邸に戻っていた。彼の求婚を受け入れたのも、もう三日前の話。晴れて両思いになり、偽装結婚ではなくなったというのに、夫婦生活は以前とほとんど変わらない。

そのことにノエルは密《ひそ》かな不満を抱いていた。

そんな新妻の思いに気づく様子もなく、リュシアンは寝ぼけ眼《まなこ》でもらす。

「本当の夫婦？　いや、まだだろう。私たちは——」

「言わなくてもいいです！　確かに関係は清いままですけど、僕にちゃんと求婚してくれたじゃないですか。籍だってもう入れてあるし。ノエリアとしてだけど」

彼が言おうとした言葉を真っ赤になって遮断し、ノエルは複雑な気持ちでもらした。

リュシアンと婚姻関係にあるのは、実際には存在しないノエルの双子の姉・ノエリアだ。戸籍を改竄《かいざん》しているから、よく考えたら真の夫婦とは言えないかもしれない。

それにあと二つ、乗り越えなくてはならない試練がある。一つは国の絶対的存在である父に自分たちの結婚を認めてもらうこと。これは明日にでも王宮へ行き、解決したいと思っている。そして、もう一つ。己の意志だけではどうにもならない問題であり、悩み。

「あの、旦那様」

ノエルはリュシアンに気持ちがあるのか訊《き》こうとした。自分を抱く気《き》があるのかどうか。三日たっても彼はベッドを共にしようともしないのだ。以前は抱《だ》き枕《まくら》として利用されていたのに、今はそれすらもない。

「何だ?」

不安を募らせていると、続く言葉を待っていたリュシアンが尋ねてきた。

「な、何でもありません！　とにかく起きてください！　朝食を取って、たまには外に出かけましょう。結婚したからには、もっと健全な生活を送ってもらいます！」

ノエルは慌てて質問を引っ込め、起き上がるよう急《せ》き立《た》てる。

口にできるはずがなかった。まるで自分から求めるような問いを。

いつまでも手を出そうとしてこない理由が気になりながらも、ノエルはリュシアンに着替えのシャツとパンタロンを押しつけ、急いで部屋から出ていった。


王都レミューの町並みに初夏の涼やかな風が吹き渡っている。

青々と茂った欅《けやき》の並木道を、ノエルはリュシアンを後方に引き連れ歩いていた。

ここは邸から二十分ほど北へ行った場所にある、緑に囲まれた閑静な住宅街だ。

朝食の後、無理やり外に誘《いざな》われ文句ばかり垂れていたリュシアンだったが、今は無言。

心配になって振り返ると、リュシアンは目を閉じ、道の真ん中に突っ立っていた。

「あの、旦那様、起きてます?」

ノエルは嫌な予感がして呼びかける。すると、リュシアンは半眼を開け、ここはどこだというように周囲を見回した。嫌な予感は的中したようだ。

ちゃんと目を覚ましてもらうべく、ノエルは体をくるりと一回転させて訊く。

「旦那様、この格好どうでしょう？　僕、男性の衣装しか持っていなかったから、初めて女性用の服を買ってみたんですけど」

今身につけているのは、白の薄地綿布《モスリン》に小花柄の刺繍《ししゅう》をあしらった踝《くるぶし》丈のローブだ。ハイウエストで裾《すそ》の膨《ふく》らみもない簡素な衣装だが、コルセットをつける必要がなく、デザインもかわいらしくて気に入っている。

彼に気づいてほしい。ノエルも女性らしくなるため、それなりには努力しているのだ。

「僕」という自称だけはどうしても自然に出てきてしまい、変えられないでいるが。

感想を待っていると、どこからかノエルを賞賛する言葉が聞こえてきた。

「すごくかわいい」

まさか、リュシアンが自分に「かわいい」なんて台詞《せりふ》を？

「特に思うことはない」

喜びに瞳《ひとみ》を輝かせていたところで、リュシアンが素っ気なく告げた。

……さっきの台詞は空耳だったらしい。まあ、彼があんなことを言うわけないか。

期待が高まりすぎての幻聴だったのだと納得し、ノエルは挫《くじ》けることなく話しかける。

「髪には編み込みを入れてあるんですよ。気づきませんでした？」

襟首《えりくび》まで伸びた髪をかき上げて示すと、リュシアンは眠たそうな顔をしてこう言った。

「そんなことより早く帰りたい。寝足りないんだ」

「「そんなこと？」」

苛立《いらだ》ちをにじませたノエルの声と、誰かが上げた声が重なって響く。

ノエルは即座に周囲を見回した。しかし、並木道に人の姿はない。

誰かに見られているような気がしたが。またしても幻聴だったのだろうか。

道の脇《わき》の茂みが怪しいと思いながらも、かきわけて調べる気力もなく、ノエルはリュシアンの手を引いて歩き出した。

「せっかく外出したんですから、もう少し散歩していきましょう」

ここのところ色々あったから気疲れしているのかもしれない。やはり息抜きが必要だ。

気持ちを切り替えながら歩いていると、並木道の先に円形の噴水広場が見えてきた。

「大きな公園がありますよ。行ってみましょう」

欠伸《あくび》をするリュシアンの腕を引き、ノエルは女神像が置かれた広場へと進入していく。

近代的な入り口の構造に反し、公園の内部は自然に囲まれた美しい景観となっていた。

ブナなどの広葉樹が林立し、薔薇《ばら》や紫陽花《あじさい》といった初夏の花々が咲き乱れている。

「あそこに上ってみましょう。きっと公園を眺望できるはずです」

小高い丘の上に東屋《ガゼボ》を発見したノエルは、傾斜した草道を突き進んでいく。

「おい、あまり引っ張るな」

「そんな面倒くさそうな顔をしないで。ほら、早く」

リュシアンが岩のように動かなかったため両手を引き、後ろ向きで歩いていた時。

石につまずいたノエルは「わっ！」と悲鳴を上げ、仰向けに倒れた。

地面は柔らかい芝生《しばふ》となっていたため、体を打ちつけることなく済んだものの、リュシアンまで巻き添えにしてしまう。

リュシアンはノエルの足に下半身を重ね、肩の横に両腕をついた。

二人は顔に息が触れるほどの至近距離で固まり、しばし見つめ合う。

「……旦那様」

花の香りか、彼の吐息か、甘い空気に体が痺《しび》れ、ノエルはゆっくり瞼《まぶた》を閉じた。

しばらく夫婦らしい愛情を交わすことがなかったから、期待してしまう。こんな雰囲気ならば、リュシアンも少しはその気になってくれるのではないかと。

しかし、何秒か待っても彼がそれ以上接近してくる気配はない。

しまいには体を離し、立ち上がってしまった。

「そろそろいいだろう。帰るぞ」

冷ややかに告げられ、目を剝《む》いたノエルは上体を起こして訊く。

「僕って、そんなに女性として魅力がないですか？」

あの状態で口づけ一つ交わしてくれないなんて、色々と自信を失ってしまう。

返事を待つも、リュシアンはまだ眠いのか瞼を伏せて、言葉を返さない。

「……もういいです。勝手に帰ってくださいっ。一人で散歩をしていきますから！」

苛立ちをあらわに告げるやノエルは立ち上がり、丘の向こう側へと走り出した。

何てデリカシーのない男性なのだろう。自分はもっと彼と夫婦らしい関係になりたくて、慣れない努力をしているのに。眠くて機嫌が悪かったのかもしれないが、ここまで冷たくあしらうなんて無神経にもほどがある。

ノエルは目に涙を溜《た》めながら全速力で丘を駆け下りていく。そして、裾に達した直後。

「失礼いたします、殿下。私たちと一緒に来ていただけないでしょうか？」

突然木陰から現れた二人の男に行く手を遮《さえぎ》られ、ノエルは吃驚《きっきょう》して目を見開いた。

「あなたたちは……」

服装は一般市民とほぼ同じ。ただ、体つきや雰囲気は明らかに普通ではない。まるで鍛《きた》え上げられた精兵のようだ。それに、ノエルを「殿下」と呼んだということは……。

「主《あるじ》が待っております。これ以上あの薄情な怠《なま》け者とは一緒にしておけないと」

「……え？　ちょっと待ってください！」

彼らの正体に勘づいたところで、右側の男に腕を掴《つか》まれ、ノエルは困惑の声を上げた。

振り払おうとするも強い腕力に歯が立たず、体を引きずられそうになったその時――。

「ノエル！」

後方から焦燥《しょうそう》に満ちた声が響き、ノエルは瞠目《どうもく》して振り返る。

「旦那様⁉」

十歩分ほどの距離まで駆け寄るや、リュシアンは懐《ふところ》から取り出した短銃を構え、男たちに銃口を向けて言い放った。

「彼女から離れろ。退《しりぞ》かなければお前たちの心臓は五秒以内に吹き飛ぶことになるぞ？」

男が怯《ひる》んだ一瞬の隙《すき》を突き、腕を振り払ったノエルはリュシアンの方へと駆け出した。

後を追おうとした男の足下に、リュシアンはすかさず銃弾を放つ。

「今のはちょっとした脅しだ。すぐに立ち去らなければ次は確実に体を撃つ」

殺気に満ちた視線を向けられ、二人は顔を見合わせるとその場から立ち去っていった。

「旦那様！」

ノエルは憤《いきどお》っていたことも忘れ、リュシアンの腕に抱きつく。ちゃんと後を追ってきてくれた。その喜びと危機を乗り越えた安堵《あんど》感で、胸は満たされ熱くなる。

「奴《やつ》らはいったい何者だ？　まさか……」

リュシアンはいまだ警戒心を緩《ゆる》めておらず、彼らの正体に気づいた様子でつぶやいた。

ノエルは我に返り、先ほどの出来事を脳裏に巡らせる。

幻聴だと思っていた言葉。ノエルの身分を知っていた男たち。そして、リュシアンを薄情な怠け者だと誹《そし》ったという彼らの主人。それはおそらく――。

全てを悟ったノエルは、深い溜息をついてこう告げた。

「旦那様、この先面倒なことになるかもしれません……」

第一章　愛の逃避行と舞踏会への招待

古びた木造の邸《やしき》の前に、二十名あまりの兵が集結している。

そして、玄関前の階《きざはし》の下には、兵を従えるように立つ男性の姿があった。上等なベルベットのジュストコールをまとった、いかにも身分の高そうな貴公子。高貴に見えるのも当然、彼の名はシャルル・ニコラ・ド・ルドワール。この国の第九代目国王だ。

国王ニコラは一度深呼吸し、険《けわ》しい顔つきで邸の二階を見上げて呼びかけた。

「いい加減に出てきなさい、ノエル。王宮で話をつけましょう」

二階の部屋から外の様子を眺めていたノエルは、窓を開けて意見する。

「どこで話しても一緒でしょう？　僕を監禁して、旦那《だんな》様──フォール公爵に二度と会わせないようにするつもりかもしれませんし！」

「私がそんなことをするはずないじゃないですか！　私は正々堂々あなたと──」

「じゃあ、なぜ昨日、僕を兵に拉致《らち》させようとしたんです？　下心がある証《あかし》でしょう⁉」

強い口調で尋ねると、ニコラは「ぐっ」と声を詰まらせ、半歩後ずさった。

やはり昨日の一件の黒幕は彼だったのかと、ノエルは警戒心を剝《む》き出《だ》しにする。

「あれは、親子感動の対面を果たしたばかりだというのに、あなたが薄情者の公爵に夢中で、私を顧《かえり》みてくれないから腹が立って――って、いやいや、単に公爵がいないところで話をしたいと思っていたのです。あなたは一度彼と離れ、冷静になる必要があります。一時の感情に流され、自らの立場を忘れているようですから。あなたは私の血を受け継ぐ唯一の娘、ルドワールの王女なのですよ?」

立場を自覚するように促され、ノエルは俯《うつむ》きながら返事をする。

「わかってます。簡単に結婚相手を選べない立場であることも。でも、何も問題はないはずです。王位は国政のことをほとんど知らない僕より、帝王学を修めている養子のヨハン王子が継いだ方がいい。それにフォール公爵は立派な男性です。来月にはペリエ公爵の家名も受け継ぐことになっています。王族の結婚相手として申し分ないでしょう?」

許しを求めて訴《うった》えると、ニコラは更にまじめな顔つきで語りかけてきた。

「ノエル、私もいずれはこの国をヨハンに任せたいと思っています。彼は実に優秀なうえ品行方正で、次期国王としての資質も備えていますから」

「だったら僕のことに構わず、王子にふさわしい女性を――」

「ふさわしい女性、それはあなたしかいないのです!」

思いがけない勢いで意見を遮断され、ノエルは驚いて息を吞《の》む。

「先日、あなたの母親を私の妃《きさき》として議会に承認させました。亡くなった後になってしまったことは悔やまれますが、これであなたも正式に第一王女として認められたことになります。女性にも継承権があるルドワールにおいて、あなたは王位継承順第一位。私はノエルとヨハンが結婚し、共に国を治めるのが一番いいと思っています」

目を見開くノエルに、ニコラは神妙な面もちで告げ、とたんに頭の痛そうな顔をした。

「実は、ある人物も戻ってきて、色々と厄介な事態になっていましてね。国を安定させるためにも、私はあなたたちを夫婦《めおと》にしたい」

「……ある人物？」

「王宮に戻ったら紹介します。とにかく、フォール公爵との結婚を認めることはできません。これは国王というより父親としての意見です。まじめで人柄もいいヨハンなら、必ずあなたを幸せにしてくれるはず。二人が縁を結べば、私たちはずっと王宮で共に暮らせるようにもなりますし。だから、一緒にきなさい、ノエル」

ノエルは唇を噛《か》みしめながらニコラを見下ろす。父は少しでも娘の気持ちを考えてくれているのだろうか。

「リュシアン様のことはあきらめろと言うんですか？」

「彼があなたにふさわしい人間であるとは思えません」

「どうして？　昨日のことが原因ですか？　彼が僕に冷淡な態度ばかり取っていたから」

「それもありますが、あなたを育ててくれた叔父のユベール君に話を聞きました。フォール公爵は性別のことを盾にあなたを脅し、無理やり契約結婚をさせたそうですね。無神経でものぐさで無愛想なひきこもり野郎だとも言っていました。昼まで寝ているようなダメ人間で、理不尽な命令を出し、あなたをこき使っていたそうじゃないですか」

痛い指摘を受け、ノエルは「うっ」と言葉を詰まらせた。うまい反論が見つからない。午前十時を過ぎた今もまだリュシアンは自室のベッドで眠っているし。

「お、おおむね事実ですが、本当はとても勇敢で優しい人なんです。僕を何度も助けてくれましたし！　ユベール叔父さん、すごく口が悪いから、とんでもない男性のように聞こえたかもしれませんが、僕はダメな部分も含めてあの方が」

「頭を冷やしなさい、ノエル。あなたは公爵の美しい容姿に惑わされ、一方的にのぼせ上がっているだけです。彼からはあなたへの愛情が全く感じられない。あんな男と結婚しても幸せにはなれません。あなたはろくでなしの公爵よりヨハンと一緒になった方が――」

「それ以上旦那様のことを悪く言わないでください！」

ろくでなし。その一言で徐々に積もっていた父に対する怒りと不満が爆発した。

「頭を冷やすべきなのはお父さんの方です！　あなたは彼のことも僕の気持ちも全然わかってくれてない！　結局頭にあるのはエゴと偏見じゃないですか！」

ニコラは目を見開き、放心した様子で娘の名前をつぶやく。

「帰ってください。僕が一緒になりたいと思うのはリュシアン様ただ一人です。彼との結婚を認めてくれなければ、王宮には行きません！」

大声で言い放つや、ノエルは勢いよく窓を閉めた。

「ありゃ完全に怒らせちまったな。さ、親父《おやじ》さん、帰った帰った」

「二十人程度じゃ、あたしたちを倒すことはできないわよ？」

「当家の若奥様はなかなか頑固でしてね。出直されることをお勧めいたします」

玄関の前に立ち、行く手を阻《はば》んでいたブノア、リディ、セルジュの三人が、鋭く言ってニコラと兵を牽制《けんせい》する。

「また来ます、ノエル。一度冷静になって考えてみるといいでしょう！」

外から聞こえてくる父の声を無視し、ノエルは大きな足音を立てて部屋を出た。

冷静になって考えろ？　それはこっちの台詞《せりふ》だ。自分が好きなのはリュシアンだとはっきり伝えたのに、国のため、ノエルの幸せのため、ヨハン王子と結婚しろだなんて、身勝手にもほどがある。父自身は周囲の反対を押しきり、好きな女性と駆け落ちしたくせに。

――そうだ！

ノエルは突如思い立って東の部屋に足を向けた。父の目を覚まさせるにはこれしかない。どれだけ勝手な言い分を押しつけていたのか、身をもって思い知るだろう。きっと、自分たちがどれだけ真剣に互いを思っているのかも伝わるはず。

「旦那様！」

ノエルはリュシアンの部屋の扉を開け、寝ている彼を呼び起こす。そして――。

「僕と駆け落ちしてください！」

目を瞬《しばたた》くリュシアンに、勢いに任せて要求したのだった。


丘の裾《すそ》には茅葺《かやぶ》き屋根を載せた木造の家々。高い場所に進むにつれて建物の規模は大きくなり、煉瓦《れんが》造りの瀟洒《しょうしゃ》な邸宅が点在している。貴族の別荘のようだ。

何よりも目を引いたのは、町の外れに眺望できる金色《こんじき》の麦畑。

まるで母の絵画のような光景が眼下に広がっていた。

「わあ、素敵な場所ですね。都からそれほど離れてないのにこんな穴場があったなんて」

丘の上から町の様子を眺めていたノエルは、思わぬ景色に感嘆の溜息《ためいき》をもらす。

フォール公爵邸を出て二日。リュシアンが用意してくれた別荘につき、しばらく屋内で過ごしていたノエルだったが、手持ち無沙汰《ぶさた》になり、彼と散歩に乗り出していた。場所はルドワールの北東。王都から馬車で半日ほどの距離にあるのどかな町だ。リュシアンが所有する別荘ではすぐに足がつくため、大学時代の知人に頼んで提供してもらったらしい。

「田舎の暮らしにも憧《あこが》れます。いずれはたくさん子供を産んで、こんな場所でのびのび育てることができたら、どんなに幸せだろうって」

懐《なつ》かしさを覚える景色を眺めながら、ノエルは頭の中で空想を広げる。もちろん、側《そば》にはリュシアンがいてほしい。

「ならば、ずっとここで暮らすか？」

「え？　そ、それは……」

思いも寄らない提案にノエルは瞠目《どうもく》し、言葉を詰まらせる。この駆け落ち劇は、父の目を覚まさせるために仕組んだ一時的なものだ。リュシアンにも仕事があるし、自分だっていつまでも責任を放棄してのんびりしているわけにはいかない。いずれは帰らなければならないとわかっているのだが。

「旦那様――公爵様はそれでいいんですか？」

ここでは『旦那様』と呼ばないよう言われていたため、途中で言い換えて訊《き》く。彼の気持ちをちゃんと確かめておきたかった。

「君の望むようにしたらいい」

リュシアンは遠くを見ながら感情の読めない声音で答える。

ノエルの意思を尊重してくれているのに、少し投げやりな回答のように聞こえてしまうのは、最近の彼の言動に引っかかるものがあったからだろうか。

「じゃあ、ここで僕を本当の妻にしてもらえますか？」

ノエルは思いきって関係の進展を迫った。

リュシアンは目を丸くし、そのまま答えを返さない。

「最近よく不安になるんです。あなたにちゃんと女性として見られているのかって。邸を出てからずっと男の格好をさせられているし」

ノエルは密《ひそ》かに募らせていた不満を吐き出した。今身につけているのは、白いシャツにグレーのジレ、紺のキュロットという、いわゆる男装だ。お忍びという状況ゆえ仕方ないが、呼び方にしたってそこまで用心する必要はないように思う。少し前から、距離を置かれているような気がしてならなかった。

「それは説明しただろう。王女が失踪《しっそう》し、国王は血眼《ちまなこ》になって娘を捜させている。駆け落ちしたという醜聞を隠すため、私たちの仲については伏せられているようだからな。私の従者ということにすれば、周囲の目も欺《あざむ》ける。男装した方が都合がいいのだ」

「その辺りの事情はわかってますよ。でも、邸でまで男装させる理由は？　家の中でくらいあなたの妻らしく装ってもいいでしょう？　これじゃあ、むしろ求婚される前の方が、夫婦らしい生活をしてましたよ。僕はもっとあなたと――」

恥ずかしい台詞を口にしかけたところでノエルは我に返る。

自分は何を考えているのだろう。言葉にしてもいないのに、顔から火が噴き出そうだ。

「今のは忘れてください！　公爵様はその気になれないんでしょ？　仕方ないですよね。こんな状況だし、僕ずっと年下で子供っぽくて、あなたと全然釣り合わないから――っ」

卑屈な気持ちを吐き出していたノエルだったが、途中で言葉を遮られた。

押しとどめるようにふさいできたリュシアンの強引な唇に。

ノエルの思考は停止し、体は内側から一気に熱を帯びる。

熱情に流されかけていたのも束《つか》の間《ま》、リュシアンは唇を離し、冷ややかに告げた。

「釣り合わない。私が一番気にしていることを言うなっ」

苛立《いらだ》ちに満ちた視線を向けられ、ノエルはビクリと体を震わせる。

彼は何を怒っているのだろう。釣り合わない。それを一番気にしている？

唐突な感情の発露に理解が追いつかず、ノエルは呆然《ぼうぜん》としてリュシアンの顔を見た。

「ノエル、私が君に男装をさせている本当の理由はな……」

リュシアンが観念したように回答を口にしかけたその時――。

「……フフフフフ……、見たよ」

丘の下の方から不気味な笑い声が響き、ノエルとリュシアンは揃《そろ》って身を強《こわ》ばらせる。

「見たよ、リュシアン！　なるほど、そういうわけだったのか！」

背の高い美貌《びぼう》の青年がこちらへと登ってきて、納得した様子で手を叩《たた》いた。

近づいてくる青年を、ノエルは目を瞬きながら観察する。瞳《ひとみ》の色はサファイアのような青。ウェーブのかかったブロンズの長髪を束ねることなく背中に流している。格好は最新の流行を取り入れた貴族の装いだ。濃紺のフラックに白いパンタロンを合わせ、黒革のロングブーツをはいている。リュシアンの名前を呼んでいたし、彼の友人だろうか。

「公爵様、あちらの方は？」

ノエルは目を丸くしたままリュシアンに問いかける。

「はじめまして、かわいい人。君が女性だったら、全力で口説《くど》いていたところだろうけど、残念。でも、男にしたっていいね、リュシアン。君の気持ちがわかるよ」

リュシアンが答えるより早く青年は口を開き、ノエルをまじまじと見つめてきた。

「ああ、何てクリクリで愛らしい目をしているんだ。僕も目覚めてしまいそうだよ。頬《ほお》は薔薇色《ばらいろ》で、肌は見るからにみずみずしくてぷるっぷる。触れてみても？」

「触るな、けだもの！　同じ空気も吸うな、消え失《き》せ《う》ろっ！」

ノエルへと伸ばした青年の手を叩き払い、リュシアンは苛立ちをあらわに言い放つ。

「あんまりな物言いだな、リュシアン。恩人であり、親友でもある僕に向かって」

「誰が親友だ、変質者。それに誰も君に恩を受けてなどいない。私はきっちり対価を払っている。あの別荘を提供してもらったことにもな。ただの依頼主と請負人の関係だ」

ノエルは険悪な空気にうろたえつつ、「あのぅ」と言ってリュシアンに説明を求めた。

青年は何者で、リュシアンとどういう関係があるのだろう。

しばらく回答を待っていると、リュシアンは面倒くさそうに眉《まゆ》をゆがめて答えた。

「彼の名はクリストフ・ドゥイエ。大学の同期で、今は青年実業家として怪しい商売に手を染めている。銃の愛好会にしつこく勧誘されて知り合ったのだが、卒業してからもつきまとわれて困っていてな」

「おい、自分から仕事を依頼してきておいて、それはないんじゃないか？　僕は趣味で銃器の売買もしているけど本職は不動産業で、護衛の派遣は専門外の依頼だったんだ。裏のつてを使って何とか用意してあげたのに、危険人物みたいに言われるなんて心外だよ」

クリストフは不愉快そうに頬を膨《ふく》らませて意見する。

「じゃあ、公爵様が少し前から頼っていた大学時代の知人って、クリストフさん？」

ノエルはリュシアンとクリストフの顔を交互に眺めた。かなり辛口な発言をしていたが、リュシアンもそれなりにはクリストフのことを信用しているようだ。

「クリスでいいよ、子猫ちゃん。先日リュシアンに、しばらく滞在できる人目につきにくい別荘を提供してほしいと頼まれてね。複雑な事情があるみたいで、詳しい話は聞かせてもらえなかったのだけど、まさか少年愛に走った末の極秘旅行だったとはねぇ」

――しょ、少年愛⁉

ノエルは心の中で裏返った声を上げた。すぐに自分は女なのだと言って否定したいところだが、男を装っている今、迂闊《うかつ》なことは言えない。

「まあ、この噂《うわさ》が社交界に広まれば、ちょっとした問題になるだろうな。君の後見人であるアラゴ侯爵は、その辺りのこと厳しそうだから」

どう説明すべきか迷っていたノエルだったが、クリスは勝手に納得して見解を加えた。

「いや、でも色々と合点がいったよ。君、極度の女嫌いで、どんなに言い寄られても、毛虫でも払うように美女たちを拒絶していただろう？　あれは、少年趣味《そういう》があったからだったんだ。ああ、もちろん黙っていてあげるよ。これで」

クリスの親指と人差し指の先が繋《つな》がり、輪っかになる。お金を要求しているようだ。

「貴様、たかりにきたのか？」

リュシアンは懐《ふところ》に忍ばせていた短銃に手を伸ばして訊く。

「冗談だって！　友人を強請《ゆす》ったりなんかしないよ。始めに知らせていただろう？　不自由なことはないか様子を確かめにいくって」

「来たら殺すと断っていたがな」

「じょ、冗談だろう？　そう邪険にするなよ。こんな辺鄙《へんぴ》な町じゃ退屈するだろうからって、色々みやげを持ってきてやったんだ。屋内で過ごしても楽しめるようにってね」

「なるほど。それを私に売りつけにきたというわけか」

「普通にやるよ！　君、僕を守銭奴か何かと勘違いしていない？」

息の合わない二人のやり取りを、ノエルはハラハラしながら眺めていた。

結局、仲がいいのか悪いのかよくわからない。リュシアンとは正反対の性格のようだが、卒業してからもつき合いが続いているのだから、険悪な仲ではないのだろう。

「じゃ、さっそく邸に行こうか。僕のおみやげにきっとびっくりするよ。って、あっ、ちょっと待ってて」

帰宅を促したクリスだったが、途中で何かを発見したらしい。この場で待機しているよう求め、丘の下へと駆け下りていった。

裾へ繋がる道の先に、二人組の若い女性の姿が見える。

「君たち、この辺りに住んでいる子？」

女性たちの前まで辿《たど》りつくや、クリスは白い歯を真珠のように輝かせて尋ねた。

二人は頬を赤く染め、クリスの笑顔にうっとりと見入っている。

「行くぞ、ノエル」

クリスの要求を無視して、リュシアンは邸の方へ足を踏み出した。

「え？　でも、クリスさん、『ちょっと待ってて』って」

「あんな変人の頼みを聞いてやる必要はない。扉に鍵《かぎ》をかけて入れないようにしてやる」

さっさと邸に向かっていくリュシアンを、ノエルは戸惑《とまど》いながら追う。

どうやら、友人だと思っているのはクリスだけのようだ。

置いてけぼりを食らったクリスだったが、しばらく気づかず女性たちを口説いていた。

そして、邸に戻ってから三十分後――。

「おい、なぜお前が邸の中にいる?」

しばらく二階の部屋で休憩した後、階段を下りてきたリュシアンは、玄関ホールにいたクリスに眉をひそめて問いかけた。

「鍵を開けて入ってきたからに決まっているじゃないか」

クリスは当然とばかりに答える。

「その鍵は?」

宣言通り、リュシアンはしっかり玄関の扉に鍵をかけていたのだ。

彼と共に一階へやってきたノエルも、どういうことなのかと周囲を見回す。すると、

「申し訳ありません、ご主人様。鍵を開けたのはあたしです」

ホールの先にある食堂から、ひらひらのメイド服をまとったリディが現れ、自白した。

「なぜだ? 誰も入れるなと言っておいたはずだぞ?」

「だって、窓から様子を見たら絶世の美男子が立っていて、あたしのことかわいいって。手に触れてキスしたいって言うものだから、仕方なくぅ」

「それで開けたのか?」

淡いブルーの双眸《そうぼう》が氷のように冷ややかな光を放つ。

「や、やだ、誤解しないでください! あたしが好きなのはご主人様だけ――」

リュシアンの腕にすがりつこうとしたリディだったが、軽くはねのけられ、「きゃっ!」

と悲鳴を上げて倒れ込んだ。大した勢いでもなかったのに彼女の体は床に転がり、暴力でも受けたかのように震えている。

「おいおい君、か弱い女性にそれはないだろう。かわいそうに」

「そのメイドは、か弱くもなければ女性でもない。打たれても傷つかない鋼鉄の男だっ」

「……え。まじで？」

リディをかばおうとしたクリスだったが、リュシアンから信じがたい事実を突きつけられ、狐《きつね》につままれたように目を丸くした。

「ご主人様、ひどいっ。こんなピッチピチなレディに何年もご奉仕させておいて、あんまりな物言いだわ！　他の男と浮気してやるぅ～！」

リュシアンをなじるや、リディは涙ぐんだ目を手で隠しながら外へと飛び出していく。

傷ついたふりをして、クリスの侵入を許した責任から逃げたようだ。

リディの狡猾《こうかつ》さを知っていたノエルは、淡々と分析して彼女の後ろ姿を見送る。

「リュシアン、君、そっちもいけるのか。いや、色んな趣味があったんだな」

クリスは白い目でリュシアンを見やり、しみじみと語りかけた。

「おかしな誤解をするな！　さっさと出ていけ！」

「嫌だよ。この邸は元々僕のものだし」

「ブノア、セルジュ、この男を――」

居直るクリスを駆除させようと、従者のいる食堂に足を向けたリュシアンだったが。

「……君たちはいったい何をしている？」

入り口に立った瞬間、目に入った光景にリュシアンは眉をつり上げた。

何が起きているのか気になり、ノエルが食堂をのぞき込んでみると――。

「旦那、こいつぁ最高ですぜ。ああ、俺はついに到達したんだ。伝説に」

ブノアが何かを咀嚼《そしゃく》しながら恍惚《こうこつ》とした顔でつぶやいた。彼の手には紐《ひも》で縛られた赤黒い肉塊《にっかい》が握られている。どうやら、あれがブノアの求めていた伝説の干し肉のようだ。

「これは、申し訳ございません、我が君。ご学友のドゥイエ様が差し入れを持ってきてくださったものですから、毒味をと。私がルドワールきってのワイン通だからといって、決して食いついたわけではございませんよ」

セルジュはちゃっかり席につき、ワインをスワリングしながら弁明した。好物の前では主人の命令などどうでもよくなってしまうものらしい。リディやブノアはともかく、セルジュも案外いい加減なものである。主人至上主義設定どこ行った。

「なるほど、この二人は飲食物で釣って黙らせたというわけか」

リュシアンは従者たちを冷めた目で眺め、クリスに視線を移した。

「君は本当に警戒心が強いな。邪推するなよ。丘の上で言っただろう？　おみやげを持ってきたって。ここは景色はいいけれど、おいしい飲食物が手に入りにくくて、楽しめるような場所も何もない。不自由すると思って色々持ってきてやったんだ。君にも素晴らしいみやげを用意してあるよ。ちょっと待ってて」

リュシアンにそう言い置き、クリスは一度外へ出る。

鍵をかけようとしたリュシアンを引き留めしばらく待つと、がたいのいい二人の男たちが厚手の布で梱包《こんぽう》された巨大な何かを玄関ホールへと運び入れた。ノエルの身長以上の高さがある、いびつな箱形の物体だ。

男たちはそれを食堂の隣の広間へと運んで置き、巻かれた布や紐をほどいていった。

梱包材を全て取り除き、クリスが楽しげに「じゃ～ん」と言って、黒い物体を撫《な》でる。

角張ったハート形に近い黒光りしている箱だ。男たちが持ってきた三本の脚《あし》と金のペダルを取りつけ横に起こすと、その正体があらわになった。

「何だそれは？」

訊かなくてもわかりそうな質問をリュシアンはあえてする。

「見ればわかるだろう？　グランドピアノだよ。僕がお金を貸している債務者から借金のかたとして預かってね。かなりいい品物らしいんだけど、僕はピアノを弾けないから用途のありそうな場所に持っていこうと思って」

「なるほど、邪魔だからここへ置きにきたというわけか」

「……それは、半分認めるよ。でも、もう半分はリュシアン、君がピアノを弾きたいだろうと思ったからだ。雰囲気作りには打ってつけの道具だし、恋人も喜ぶよ?」

リュシアンの推理に半笑いで返したクリスだったが、使ってみるよう勧めるや、これみよがしにノエルを見て微笑《ほほえ》んだ。

「なぜ私がピアノを弾きたがっていると思った? たしなむと話した覚えはないぞ」

「でも、弾いたことはあるだろう? 大学時代、僕が無理やり連れ出した愛好会のパーティで。部長に余興で歌かダンスか楽器のどれかを迫られて、君はピアノを選んだんだ。よく覚えているよ。それは素晴らしかったから。顔はすごく嫌そうだったけど。あんなに弾ける人間がピアノを嫌いなはずないよね」

「勝手に決めるなっ。迫られた選択肢の中で一番ましだったからやっただけだ。私はもうピアノなど弾かない。今すぐ持って帰れ!」

「嫌だよ。重いし邪魔だし、せっかく運んできたんだから。君は友人の心遣いを無駄にするつもり? 彼と楽しい夜を過ごしたいんだろう?」

「余計なお世話だ! 私は彼とどうこうするつもりはない」

「え、でも、君たち恋人同士なんだろう?」

クリスは不思議そうにリュシアンとノエルを見た。

ノエルも疑問を覚え、リュシアンを凝視《ぎょうし》する。どうこうするつもりはないというのはノエルを妻として扱うつもりはない、ということだろうか。今後夜を共にするつもりもないと。キスしてきたり距離を示してみせたり、彼の気持ちが更にわからなくなってくる。

「違うというなら、僕がもらっちゃってもいい？　実は男にも少し興味があったんだ。彼、女性ではないのに異様にそそられるし」

クリスはリュシアンを挑発するように告げ、戸惑うノエルへと迫っていく。

「ああ、いいね。うろたえた顔も実にかわいらしい。やっぱり僕のものに――」

「おい。指一本でも触れたら殺すぞ？」

ノエルに触れようとしたクリスの手首を摑《つか》み、リュシアンは殺気立った声で警告した。

冷ややかで鋭い眼差《まなざ》しに、クリスよりノエルの方が射すくめられてしまいそうになる。

しばらく瞠目していたクリスだったが、ふいに表情を緩め、からかうように告げた。

「何だ、やっぱり本気だったんじゃない。冗談だよ。僕は根っからの女好きさ。君の気持ちを試したかったんだ。素直に仲を認めようとしないから、彼がかわいそうで」

「クリス」

真意を伝えられてもリュシアンは顔つきを変えず、凄《すご》みをきかせた声で「帰れ」と指図した。明らかに怒っているようだ。

さすがのクリスも、口元に浮かべていた笑みを引っ込める。

「もう、本気でキレないでよ。わかってるって。君たちの邪魔をするつもりはないから。今日はこれで退散するよ。またね、かわいい人」

ノエルに向かって片目をつむるや、クリスは男たちと一緒に邸から出ていった。

彼らが去った後の広間に、束の間、重苦しい沈黙が流れる。

「腹の読めない男でしたね。旦那がここまで翻弄《ほんろう》されるなんて」

廊下から様子を見ていたブノアが、干し肉をかじりながら話しかけてきた。

「申し訳ございません。あのような方であるとは露知らず、侵入を許してしまいました」

ブノアの隣にいたセルジュは、反省しきった態度で謝罪する。

「でも、悪い男ではなかったんじゃねえか？　色々持ってきてくれたし、旦那をからかいたかっただけだろ。まあ、せっかくだし旦那、弾いてみたら？」

「君まで冗談を言うなっ」

ブノアの提案に、リュシアンは語気を荒らげた。

「冗談じゃありませんよね。僕も聴いてみたいです。公爵様のピアノ」

ノエルもブノアに賛同して演奏を促す。実は話を聞いた時から、リュシアンがどんな曲を奏でるのか興味津々だった。まさか彼がピアノをたしなむとは思わなかったから。

「やめてくれ。ピアノは好きじゃないんだ。私はもう休む。後は勝手にしろっ」

不機嫌そうに言い捨てると、リュシアンは広間を出て二階へと上っていってしまった。

どうしてそんなにピアノを拒絶するのだろう。

「公爵様、本当にピアノがお嫌いなんですか？　すごく上手みたいなのに」

不思議に思ったノエルは、事情を知っていそうなセルジュに質問する。

「ええ、それは素晴らしい腕前でしたよ。歌姫だったお母上から音楽の才能を受け継がれたのでしょう。昔はよくアリア様と合奏されていましたが、何かにつけ妨害があり」

「……妨害？」

ノエルの脳裏に、リュシアンへの恨みをたぎらせたイザベルの顔がよぎった。

「もしかして、義理のお母様やお姉様たちが……？」

「ええ。お二人の奏でる極上の音楽が、彼女たちには耳障《みみざわ》りな雑音に聞こえたらしく。しまいには愛用のピアノを燃やされてしまい。それ以来、我が君は一切ピアノを弾かなくなられました。弾けなくなったと言った方が正しいでしょうか」

「まじで胸くそ悪い連中だぜ。旦那たちの唯一の楽しみまで奪いやがったんだからな！」

さすがのセルジュも目に怒りの感情をにじませ、ブノアは憤《いきどお》りをあらわにする。

「そうだったんですか。それで……」

ノエルはリュシアンの態度に理解を示した。イザベルたちのことが心的な外傷となり、彼はピアノを弾いていた時期の記憶を消したかったのかもしれない。いい思い出も含めて。きっと、喪失の痛みを思い出したくないから。

「でも、だからといってピアノが嫌いになったとは限りませんよね？　本当はずっと弾きたかったのかもしれない」

彼は前へ進む勇気が持てないだけではないだろうか。人と関わることを避け、外に出るのを渋っていた時と同じように。リュシアンはノエルのためにその殻を打ち破ってくれた。彼がピアノにもちゃんと向き合えるよう背中を押してあげたい。

「僕、公爵様と話をしてきます」

ノエルはリュシアンにぶつかる覚悟を決め、二階に繋がる階段へと足を向けた。

「別に話をするだけじゃなくてもいいんだぜ？　俺らは邪魔しねえから」

ブノアがニヤニヤと笑いながらノエルの背中を叩く。

彼が言わんとしていたことを察したノエルは顔を紅潮させ、無言でリュシアンの部屋に向かった。そういえば、その問題もあったのだ。リュシアンが今後ノエルをどうするつもりなのか。女性として、妻として扱う気はあるのかどうか。

その辺りのことも一緒に解決できればと思いながら、ノエルは彼の部屋の前に立つ。

まずは一度大きく深呼吸。二回扉を叩き、部屋の外から呼びかけた。

「公爵様、ちょっとお話ししてもいいですか？」

少し待っても返事がなかったため、ノエルは恐る恐る扉を開け、中に足を踏み入れる。

「今は話をする気分じゃない」

三歩歩いたところでようやく答えが返ってきた。

リュシアンは窓際に置かれたイスに座り、険しい表情で外を眺めている。

「ピアノについて思い出していたのですか？」

素気《すげ》ない返事にめげることなく、ノエルは静かに話を切り出した。

「つらいこともあったかもしれないけれど、悪い思い出ばかりじゃないと思うんです。お母様と一緒に演奏された時、楽しかったんじゃないですか？　苦い記憶に縛られて好きな気持ちに蓋《ふた》をしてしまうのは、すごくもったいないことだと思います」

リュシアンの心情を慮《おもんぱか》り、前向きな気持ちになってもらうべく考えを伝える。

「あなたには素晴らしい才能があるそうじゃないですか。僕、公爵様のピアノが聴きたいし、これからもずっと――」

「そんな気分じゃないと言っているんだ。一人にしてくれっ」

ノエルの言葉を遮るや、リュシアンは苛立った様子で出窓の天板をドンと叩いた。

「どうして怒っているんです？」

背中を向けてしまったリュシアンに、ノエルは眉を曇らせて訊く。

「別に怒ってなどいない。疲れているんだ」

「明らかに機嫌が悪いじゃないですか。僕、そんなに気に障ることを言いました？　答えるのも面倒くさい？　夜は僕を避けていることも結局説明してくれなかったし」

「だから、避けているわけではない。ただ少し距離を置きたかったんだ」

「距離を置く？」

それは避けていることとどう違うのか。ノエルはどんどん不安を煽《あお》り立《た》てられていく。

「僕に求婚したことを後悔してるんですか？　さっきクリスさんに、僕とどうこうするつもりはないと言っていましたものね。やっぱり女としては見られないから。本当はただの料理係として側に置きたかったんじゃないんですか？」

ノエルは勢いに任せ、思ってもみなかった言葉まで口にしてしまう。いや、もしそうだったらどうしようと思いながらも胸の奥に押し込めていた疑念なのかもしれない。

「ノエル」

リュシアンは疲れた顔で振り返り、ノエルを見て溜息をつく。面倒くさい。まるでそう言いたげに。その表情は確実にノエルの神経を逆撫《さかな》でた。

「さっきの口づけも単に僕を黙らせたかっただけなんじゃないですか？　口で言うのが面倒になって。あなたってそういうことに無頓着《むとんちゃく》ですものね。意味のない言動に一喜一憂させられて、僕一人バカみたい。好きなのは僕ばかりで、どんなに気持ちを表してもあなたは真剣に取り合ってくれないんだもの。もういいですっ」

募りに募った不満をぶつけるや、ノエルは部屋の外へと走り出した。

「ノエル！」

すぐにリュシアンが名前を呼んで引き留めてくる。

だが、ノエルはそのまま部屋を飛び出し、隣に用意された自室へと駆け込んだ。

扉に鍵をかけ、ベッドへと体を投げ出す。今日はもう何もしたくなかった。心と体にどっと疲れが押し寄せてきて、一歩も動きたくない。

「おい、ノエル」

うつ伏せになっていると、部屋の外からリュシアンの声が響いた。ノエルの憤りを察したらしく、一応は後を追ってきてくれたようだ。

「疲れているんでしょう？　僕のことは放っておいてください！」

感情が収まりきらなかったノエルは、片意地を張って拒絶する。

その後も名前を呼ばれたが、枕《まくら》で頭部を覆い、聞こえてくる声を遮断した。

何も聞きたくなかった。彼の正直な気持ちを知りたいと思っていたはずなのに、不安が大きくなりすぎて、怖くて彼と向き合えない。もし、やはり女としては見られないと告げられたら、この先どうやって生きていけばいいのだろう。

あきらめてただの料理係に戻る？　それともリュシアンと別れ、王女として王宮へ？

――嫌だ。

だって、自分はこんなにも彼が好きなのだ。駆け落ちさえ決行してしまえるほどに。

リュシアンはどうして応じてくれたのだろうか。料理係がいないと困るから？　いちいち追っ手に対処するのが面倒になって？　彼が何を考えているのかさっぱりわからない。

感情が捌《は》け口《ぐち》を求め、堂々巡りの迷路をさまよっていたその時――。

出口を示すように真下からかすかな音が聞こえてきた。

空耳だろうか。自らの感覚に自信が持てず、ノエルは耳を澄ます。枕を退けると、甘美な調べがしっかり鼓膜まで届いた。

ピアノの音色だ。一階で誰かがあのグランドピアノを弾いている。

ノエルは無意識のうちに立ち上がり、部屋を出た。

曲に引き寄せられるかのように階段を下り、広間へと向かっていく。予感がしたのかもしれない。この曲を弾いているのは彼なのではないかと。

何でも器用にこなすセルジュの可能性だってあった。でも違う。

曲が展開部へと進むにつれ、予感は確信に変わっていく。

そして、広間の扉を開けると、ピアノの前で曲を奏でるリュシアンの姿があった。鍵盤《けんばん》に細長く美しい指を滑《すべ》らせ、流れるような動きで旋律を刻んでいる。ノエルが広間に入ってからも、集中を途切れさせることはない。自らの思い描く世界を表現していく。

やっぱり彼だった。ノエルは扇情的なメロディに聞き入りながら入り口に立ち尽くす。

セルジュのはずがないと思った。耳に染み入る音色が優しく、愛に満ちていたから。

分野は違えど、芸術に人生を捧《ささ》げてきたノエルにはわかった。これは誰かのために紡いだ曲。おそらく、恋人や生涯の伴侶《はんりょ》に向けて。

曲自体は聞いたことがあった。ルドワールの著名な作曲家が妻のために創作したピアノ独奏曲『愛の憧憬《しょうけい》』。序奏もなく主題から始まり、ハープのような伴奏に乗って主旋律が奏でられていく。左手は瞬時に低音域から高音域へ。時に主旋律を鳴らし右手と交差する、複雑な技巧が必要となる難曲だ。

でも、この曲はこんなに情感豊かでロマンチックなメロディだっただろうか。

時にダイナミックに、甘く切なく美しく。リュシアンによって生み出された多彩な音色が耳に溶け入り、胸の奥へと浸透していく。

あまりにも素晴らしすぎて、ノエルの双眸から自然に涙がこぼれ落ちた。

リュシアンは瞼《まぶた》を伏せながら指を躍らせ、結尾部《コーダ》へと曲を導いていく。聴く者を甘美な夢の世界へ誘《いざな》うかのように。

曲は再び冒頭の主題へ。詩的で美しい旋律を奏で、優しさに包まれた愛を歌い上げる。

やがて鍵盤は最後の一音を響かせ、あまやかな余韻を残して終息した。

二人だけしかいない空間に、時が止まったかのような静寂が満ちる。

リュシアンは長い睫毛《まつげ》をゆっくり持ち上げると、訝《いぶか》しげにノエルを見て問いかけた。

「なぜ泣いている？」

ノエルが近くにいたことには気づいていたのだろう。存在に驚いたのではなく、ノエルの反応に少しばかり戸惑っている様子だ。

「本当に、すごく、すごくよくて」

ノエルは思ったままの言葉を口にした。体の奥から湧《わ》き上《あ》がるこの感動を表すことは難しく、月並みな表現しかできない。

「やっぱりピアノを弾くのが好きなんですね？　音を聴いてわかりました。とっても温かくて、愛情にあふれていて。僕、公爵様のピアノが大好きです」

ノエルは怒っていたことも忘れ、彼の演奏を賞賛した。芸術って不思議だ。ピアノを聴くまでは不安すぎて疑心暗鬼になっていたのに、今はこんなに素直で穏やかな気持ちになっている。まるで素晴らしい絵画を見て心が洗われた時のような、清々《すがすが》しい感覚。

「別にピアノが好きというわけではない。思いを曲に込めたのだ。君に対するな」

笑みさえ浮かべていると、リュシアンがノエルを見すえ、ぶっきらぼうに告げてきた。

「私の気持ちは伝わったか？」

真摯《しんし》な眼差しを向けられ、ノエルの胸は熱を帯びて加速していく。

予感した通りだった。あの曲は誰かに向けて紡がれた曲。ノエルが話を聞こうとしないから、言葉では伝えられない思いをピアノで表現したのだろう。

彼はまたしてもノエルのために殻を打ち破り、愛に満ちた音色を届けてくれた。

ピアノに込められた真意を感じ取ったノエルは、頬を紅潮させながら頷《うなず》く。

「でも、ちゃんと言葉も欲しいです」

ノエルを思ってくれていることは伝わってきたけれど、なぜ素っ気ない態度を取っていたのか、妻として扱おうとしないのかわからない。悩みも全て共有し、二人で困難を乗り越えていきたいのだ。それに、たまには言葉でも愛情を示してほしい。

返事を待っていると、リュシアンは少しの間瞑目《めいもく》し、観念したように口を開いた。

「君の父親が邸へやってきた時、本当は話を全部聞いていたのだ。君たちの声は私の部屋まで響いていたからな」

思わぬ告白にノエルは目を丸くする。ではリュシアンは、ノエルが部屋を訪れた時、寝たふりをしていたということだろうか。話を聞かなかったふりをしていたと。

「私は国王の反対を押しのけて、君を幸せにすると宣言しに出ていけなかった。私について述べた国王の言葉は事実で、君と釣り合うのか自信が持てなかったからだ。今の身分も庶子である事実を隠して手に入れた偽《いつわ》りの地位だ。本当の私は卑屈で嫉妬深《しっとぶか》く、何も持っていない。ずっと考えていた。私は王女である君にふさわしいのだろうかと」

ノエルの視線から逃れるように瞳を閉じ、リュシアンは胸中を吐露する。

「君にずっと男装させていたのも、実に浅ましい理由だ。君が女性であることをクリスに隠しておきたかった。あの男はいつ邸にやってくるかわからなかったからな。奴《やつ》は女性であれば誰でも口説くような軽薄な男だ。君も例外ではなかっただろう。君が女性の格好をしていたら、惚《ほ》れてしまっていたかもしれない。そうならないように予防線を張っておいたのだ。私がこんな器の小さい男でがっかりしただろう？」

苦々しげな表情で問うリュシアンに、ノエルは首を大きく横に振って答えた。

「いいえ。うれしいです。僕のこと、ちゃんと女性として思ってくれていたんだってわかったから。これまでのことも理解できました」

はっきり伝えなかったのは、彼の男としての矜持《きょうじ》だろう。弱い自分を見せたくなかったのかもしれない。『釣り合わない』という言葉に過度な反応を示したのも、己に自信が持てなかったから。ノエルのことを真剣に思ってくれていたからだ。

「でも、公爵様はわかってません。あなたはたくさんのものを持っています。たとえ今の地位がなかったとしても、慕ってくれる仲間や強くて優しい心がある。銃やピアノだってプロよりも上手ですし、色んな優れた才能があります。お互いの身分とか、余計なことは何も考えないでください。僕が公爵様を好きで、あなたも僕を思ってくれている。それだけでいいんです」

不安から解放されたノエルは晴れやかな笑みを浮かべて明言した。

大事なのは身分や周りの意見じゃない。互いを思う強い心さえあればいい。

そのまま彼の双眸を見つめていると、リュシアンはかすかに微笑み、改まって告げた。

「ノエル、もう一つ伝えていなかったことがある。君と寝室を別にしていた理由だ。ベッドを共にすればもう我慢がきかなくなると思った。君の体面を考えて、王の許しを得るまでは自制しようとしていたのに。君が何度も挑発するから、そのたびに理性のたがが外れてしまいそうになった。今もそうだ。どう責任を取ってくれる？」

咎《とが》めるような問いかけに、少しの間息を詰めたノエルだったが。

「我慢しなくてもいいです。言ったでしょう？　僕を本当の妻にしてほしいって」

面を少し伏せ、勇気を振り絞って告げる。

「それがどういう意味かわかって言っているのだな？」

至近距離から鋭い眼差しで見すえられ、ノエルは真っ赤になって頷いた。

そして、次の瞬間――。

「え、ちょっと⁉」

ふわりと体を抱き上げられ、ノエルの口から悲鳴に近い声が上がる。

「君は勢いでものを言うところがあるからな。途中で逃げられないように運んでいく」

ノエルの体を横に抱えながら、リュシアンは広間を出て二階へと向かった。

「やっぱり、ちょっと待ってください！」

突然のことに動転したノエルは、足をばたばた動かして床に降りようとする。

「ほらな。だが断る。もう遅い」

そこからは何を言っても、彼が応《こた》えることはなかった。

ノエルを力強く抱えて階段を上り、自室へと足を進めていく。淡いブルーの双眸には冷ややかな欲望が垣間《かいま》見《み》えた。捕らえた獲物に慈悲など施さない。そう告げているように。

ノエルはリュシアンの腕の中で身をすくめる。

どうして覚悟もなくあんな大胆な発言をしてしまったのだろう。

後悔しても遅かった。男性をその気にさせてしまったら、もう後戻りはできないのだ。

自室に戻ったリュシアンは無言でベッドに向かい、ノエルをシーツの上に下ろした。

そして、上着を床に脱ぎ捨て、ノエルが着ていたジレのボタンに手をかける。

「……旦那様」

もう「待って」とは言えなかった。懇願したところで彼が手を止めるとは思えなかったから。氷のような瞳に宿る欲望の色が徐々に密度を上げている。

ジレを脱がせて床に放り捨てると、今度はシャツのボタンに手が伸びてきた。

ベッドに押し倒されたノエルは、ビクリと体を震わせる。

「怖いか？」

固く目を閉じていると、リュシアンが耳元でささやくように問いかけてきた。

ノエルは少しだけ目を開け、小さく頷く。正直とても怖い。

でも、嫌な気持ちには全くならない。それは相手がリュシアンだからだ。

本当は心のどこかでこうなることを望んでいた。だから、自然に彼を求めるような発言をしてしまったのだろう。今も怯《おび》えはあるが逃げたいとは思わない。リュシアンのことが好きだから。身を任せられる相手は彼しかいないと思えるから。

「怖いけれど、大丈夫です。あなたと一緒なら」

ノエルはリュシアンの顔を見上げ、体の力を抜いた。彼になら何をされてもいい。

「……ノエル」

リュシアンは愛《いと》おしそうに名を呼び、顔と体の距離を縮めてくる。

右手でノエルのシャツをはだけさせ、もう一方の手を頬へと伸ばしてきた。

熱い吐息が絡まり合って一つになる。

二人の唇が重なりかけたその時──。

「ご主人様、大変です！」

突如扉が開き、血相を変えたリディが部屋へと駆け込んできた。

ノエルは「わわっ！」と声を上げ、慌ててシャツを胸元に引き寄せる。

リュシアンは大きく舌打ちし、不機嫌極まりない顔で乱れた髪をかき上げた。

「リ、リディさん、あの、これは……」

部屋の入り口で邪悪な空気を放つリディに、ノエルは弁明すべく声をかける。

しかし、言葉は続かない。

「おめえは後でぶっ殺してやるつもりだが、今はいい」

低い地声で吐き捨てたリディだったが、すぐに顔つきを変え、リュシアンを見やる。

「それより大変なんです、ご主人様！　この邸に向かって大軍が押し寄せてきてます！」

甘い空気で満ちていた部屋に突風が吹き寄せ、熱情も幸福感も全て押し流していった。

薄闇《うすやみ》漂う邸の前に百を超える兵が集結している。

濃紺の外套《がいとう》に刻まれているのは、王家の紋章である赤いバラ。近衛《このえ》騎士団だ。

いずれはやってくると思っていたが、まさかこんなに早く見つかってしまうなんて。

困惑しつつも、ノエルはブノアたちの反対を押しのけ、一人玄関を出た。この数が相手では、さすがに従者たちでも太刀打《たちう》ちできない。もはや面と向かって話をするしかなかった。この二日の間に父が頭を冷やし、自分たちの結婚を認めてくれるよう祈って。

覚悟を決めて玄関から一歩先に足を踏み出すと、騎士たちの間にできた道から、真紅のジュストコールを身につけた男性が現れた。

「……お父さん」

近づいてきた父親を、ノエルは神妙な面もちで見すえる。

「帰りましょう、ノエル」

ニコラは玄関から十歩分ほどの距離で立ち止まり、ノエルに話しかけた。

「僕とリュシアン様の仲を認めてくれるんですか?」

「そ、それは……」

わずかに怯《ひる》んだ様子のニコラを見て、ノエルは察知する。すぐに否定しないということは、この二日のお灸《きゅう》が少しは効《き》いたのかもしれない。

「言ったはずですよ。僕たちの結婚を許してくれなければ王宮には行かないって」

ノエルは厳として主張し、父親の目をまっすぐ見つめて訴える。

「お父さんにも僕の気持ちがわかるでしょう？　お父さんもお母さんと一緒になりたくて駆け落ちをしましたものね。僕もそれぐらい真剣にあの方が好きなんです。フォール公爵は決してお父さんが思っているような人間ではありません。一緒に過ごせばわかるはずです。誤解を受けやすい性格ではありますが、彼はとても優しくて誠実で――」

「何をしているの、あなたたち。早く王女を連れてきなさい」

ニコラを説得していたその時、集団の後方から冷ややかな女性の声が響いた。

バイオレットの豪奢《ごうしゃ》なローブをまとった女性が、騎士たちの間から姿を現す。

「あの方は……？」

いかにも気位が高そうな女性を、ノエルは目を凝《こ》らして観察した。

瞳の色は夜の森を思わせるダークグリーン。ウェーブの強い栗色《くりいろ》の髪を高く結い上げている。耳も首も指もきらびやかな宝石で飾り立て、目にまぶしいほどだ。化粧もかなり濃く、十歩以上離れていても香水の匂《にお》いが鼻につく。非常に派手な雰囲気を放った、三十代半《なか》ばくらいの貴婦人だった。

「紹介しましょう、ノエル。こちらの女性はルドワールの王太后、私の実の母親です。あなたにとっては祖母ということになります」

「あの方が僕のおばあさん⁉」

ニコラの説明に、ノエルは思わず吃驚《きっきょう》の声を上げる。

父も童顔でかなり若く見えるが、それ以上だ。今年三十五になる父の母親ということは、五十は過ぎているだろう。この若作りも甚《はなは》だしい女性がノエルの祖母。

彼女について噂話くらいは耳にしたことがあった。確か、先王の元側室で、ニコラが次の王に決まると同時に王妃の座を手に入れたが、その後すぐ不義密通の疑いをかけられて都から追放されたと聞いている。

この前、父が『ある人物も戻ってきて』と話していたが、もしかして——。

「僕？　おばあさん？　何なの、その言葉遣いは。それに、男のように見苦しい髪と格好。これは相当な教育が必要になりそうだわ」

過去の話を思い返していると、王太后がノエルを苦々しそうに眺めて肩をすくめた。

「母上、お話ししたでしょう？　ノエルは私を捜すために特殊な生活を送っていたのです。染みついてしまった習慣や言葉遣いはそう簡単には変えられないものですし」

「ニコラ。いえ陛下、あなたがそうやって甘い目で見るからつけ上がり、駆け落ちなどさせてしまうことになったのです。私《わたくし》は容赦しませんよ。今日から徹底的に教育を施し、立派な次の女王に仕立ててあげましょう。さあお前たち、王女を連れておゆき！」

ノエルを擁護しようとしたニコラの言葉を遮り、王太后は騎士たちに命を下す。

「待ってください、おばあ様！　僕、いえ私はフォール公爵リュシアン・ルーヴィエ様と一緒になりたいのです。他の誰かと結婚するつもりもなければ、王位を継ぐつもりもありません！　許していただけないのでしたら私は――」

「お黙りなさい！　あなたの意思など聞いていないわ！　国王の娘として生まれたからには、人生を国のために捧げる義務があるのです。王女に選択の自由などないのよ！」

怒濤《どとう》のような祖母の剣幕に、ノエルは唖然《あぜん》として息を呑み込んだ。

彼女にはきっとノエルの常識なんて通用しない。感情論をぶつけてもだめなのだ。

「私が王宮へ行くのを拒否したらどうするおつもりですか？」

反抗心をみなぎらせて問うと、王太后は嘲《あざけ》るように小さく笑って答えた。

「あなたに拒否する権利はありません。もし、ここにとどまろうというのなら、王女を拐《かど》かした罪でフォール公爵を処罰しなくてはなりませんね」

「そんな！」

理不尽極まりない回答に、ノエルは顔色を青くする。

「お父さん」

救いを求めて父に目を向けるも、すぐに視線をそらされてしまう。母親には逆らえないのか、それとも父も王太后と同じ気持ちなのか。どちらにしても今、ノエルに手を貸す気はないということだ。自分たちの仲を認めるつもりはないのだと。

「さあ、早くなさい」

王太后が居丈高に騎士たちを急《せ》き立《た》てる。

最前列にいた騎士が数名、ノエルの方へと向かってきた。

――彼と引き離される！

迫り来る騎士たちを見て、ノエルが身を強ばらせたその時――。

「待て。私の妻を連れてはいかせない」

後ろから手を引かれ、ノエルの体は誰かに守られるように抱き寄せられた。

ノエルは後方に首を傾けて瞠目する。

「公爵様⁉　皆さんも！」

父と話をつけるまで出てこないよう言っていたのに。リュシアンはノエルを渡すまいと腕に抱き、三人の従者は前方に躍り出て、騎士たちを鋭く睨《にら》みつけた。

「こいつはな、旦那の奥方で俺らの女主人なんだよ。黙って見過ごせるかってんだ。それ以上近づいたら、俺の鉄拳《てっけん》をお見舞いしてやるぜ」

「あたしはご主人様の妻だとは認めてないけど、その子はうちに必要な存在なの。おいしいご飯食べられなくなっちゃうしね」

「ええ、彼女を連れていかれては困ります。我が君が廃人と化してしまうでしょうから。

当家の安寧のため、全力で阻止しましょう」

ブノアは拳《こぶし》を、リディは足を、セルジュは剣を構え、軍勢に対し臨戦態勢を取った。

彼らを見てノエルの胸に熱い思いが込み上げる。この数を相手に勝てるはずがないのに。命を失う危険だってあるのに、彼らはノエルを守ろうと飛び出してきてくれた。

涙が出るほどうれしい。でも――。

「王家の軍に刃向《はむ》かうつもり？　これは謀反の罪にも問われるわね。さあお前たち、もはや何も遠慮することはない。公爵と使用人たちを排除し、王女を取り戻すのよ！」

「待ってください！」

ノエルは王太后の命令を遮断するように告げ、リュシアンの腕に手をかけた。

「放してください、公爵様。僕、王宮へ行きます」

「ノエル⁉」

リュシアンが目を見開き、心外だと言わんばかりにノエルを凝視する。

「大丈夫。少し離れるだけです。この数が相手じゃこちらも無傷では済みません。いったん引いて祖母の気を静めるんです。折を見て、おばあ様たちを説得してみせますから」

ノエルはリュシアンに懇々《こんこん》と言い聞かせ、王太后に視線を移した。

「おばあ様、私が王宮へ行けば、彼らには手を出さないと約束していただけますか？」

自分も公爵邸の四人を守りたい。たとえ、彼らと離れて暮らすことになろうとも。

覚悟を胸に秘めて問うと、王太后は少し考える間を挟んで答えた。

「いいでしょう。私とて、いたずらに人の命を損なわせたくはない」

ノエルはひとまずホッと息をつき、リュシアンへと向き直る。

「ピアノを弾いて待っていてください、旦那様。必ずあなたの元へ戻ります」

ありったけの笑顔で告げると、リュシアンは少し切なそうに眉をゆがめた。

ノエルは必死に笑顔を保ち、リュシアンに背中を向ける。正直あの祖母をどうやって説得すればいいのか、考えもつかない。しばらく好きな人に会えないのかと思うと、気持ちが挫《くじ》けそうになる。でも、振り返ってはいけない。少しでもつらそうな顔を見せたら、彼らはきっと危険など顧みず王家の軍に刃《やいば》を向けてしまうから。

「ノエル！」

リディたちが口々に呼び止めてくる。

だが、ノエルは応えることなく進み、王太后が待つ馬車へと連行されていった。


ルドワールの南西に位置する首都レミュー。その北部に王都の十分の一ほどの面積を占める広大な敷地《しきち》が存在する。エミレーヌ宮殿、通称王宮。贅《ぜい》を尽くした宮殿に城館、噴水広場や庭園などを配した複合建築群である。

ノエルの居室は王宮の中心部を占拠する国王の城館、西の棟にあった。窓から国王の前庭が見渡せる、天井画や色大理石で彩られた豪奢な部屋だ。

今、その一室に、きらびやかな様相とはかけ離れた殺伐とした空気が充満していた。

「姫様、発音が違います。最後は『ヨオ』ではなく『ヨウ』です」

語学と行儀作法を担当する中年の女性講師が、冷ややかにノエルの発音を注意する。

「あの、『姫様』っていうの、やめてもらえませんか？　やっぱり落ちつかなくて」

居心地の悪さにたまらずノエルは呼び方の変更を求めた。

「では、『殿下』とお呼びいたしましょうか？　それとも『王女様』で？」

「『ノエル』でいいのですけれど。あなたは先生ですし」

講師はあきれたように溜息《しょ》をつき、更に厳しい目をして忠告する。

「姫様、あなたは次代の国を背負って立《た》つお方。立場を受け入れ、王族らしく毅然《きぜん》と振る舞っていただかなくては困ります。私は姫様を国一番の淑女に仕立て上げるよう王太后様から申しつけられているのですから」

けんもほろろにたしなめられ、ノエルは肩を縮こめた。ここでは自分の意志など微塵《みじん》も顧みてもらえない。朝から晩までキツキツのコルセットとローブを着せられて、操り人形のごとく行動を制御されている。

「姫様、そろそろダンスレッスンのお時間です」

鬱々《うつうつ》としていたところで、部屋の外に控えていた侍女が、次の予定を伝えてきた。

ノエルは更に気が滅入《めい》りそうになる。苦手な授業が終わったと思っても、次から次に難題が降りかかってくる。朝早くから語学、行儀作法、ダンスに帝王学の講義と、息をつく間もない。ダンスは特に割《さ》かれる時間も長く、普段使わない筋肉を酷使するので、終わった後はいつも立ち上がれなくなるほどぐったりしていた。講師がまた容赦ないのだ。なんでも、短期間で社交界に出せるよう、祖母に厳しく言いつけられていたためらしい。

慣れないハイヒールに足の肉刺《まめ》や踵《かかと》をやられ、この日もノエルはふらふらになりながら自室に戻り、しばらく死んだようにベッドに横たわっていた。

「何だ、グールが干からびているのかと思ったぞ」

目と口を半開きにしていたノエルの耳に、その様子を揶揄《やゆ》する男性の声が響いた。

部屋の入り口に、ライトブラウンの長髪を一つに束ねた優男の姿が見える。

「カミーユ先生！」

ノエルは直ちに起き上がり、宮廷画家の長である絵の師匠を見て吐露した。

「僕、やっぱり重症なのかな。カミーユ先生なんかの顔を見て安心するなんて」

「おい、『なんか』とは何だ？　多忙な私が仕事の合間を縫《ぬ》って来てやったというのに。お前はもっと偉大なる師を崇《あが》め、私を独占できる至福の時間をありがたく――」

「はい、大変感謝しております」

すかさず礼を述べ、自己愛に満ちた師匠の言葉を押しとどめる。

この人は、王女となったノエルを前にしても相変わらずだ。でも、今はそれがうれしい。以前と変わらない態度で接してくれる人がいて。気心の知れた人の元で、大好きな絵を描く時間だけが心の安らぎだった。祖母に絵画の授業はいらないと言われたが、父にもお願いしてどうにか聞き入れてもらったのだ。本当に短い時間だけれど。

「……おばあ様、どうして戻ってきちゃったんだろう」

つい言ってはいけない愚痴をこぼしてしまう。父だけならどうにか説得できそうだったのに。祖母が戻ってきたせいで話がこじれ、過酷な授業を受けるはめになったのだ。

「王太后は権力欲の塊《かたまり》だという話だからな。政敵がいなくなったと知れば、それは戻ってくるだろう」

「政敵って、前宰相のバルザック公爵？　確か、初めは手を組んでいたんですよね？」

詳しい経緯がわからず、ノエルは王宮の情勢を思い返して訊く。

「ああ。お前の父親を玉座に据えるためにな。だが、権力に固執する王太后を邪魔に思ったバルザック側が、不義密通の嫌疑をかけて排除したのだ。真偽は定かではないがな。その後、王太后は知人の家を転々とし、最近までバルト子爵の元に身を寄せていたらしい」

「バルト子爵？」

「元は平民で、事業を成功させ金で爵位を手に入れた成金《なりきん》貴族だ。それは見目のいい中年の男らしく、王太后の愛人ではないかという噂が流れている」

──愛人。ノエルは驚きながらも納得する。あの容姿ならそんな存在がいてもおかしくはない。先王が崩御してから随分たつため彼女に愛人がいても処罰されることはないが、外聞はよくないはず。弱みとなる情報を盾にすれば、祖母も少しは話を聞いてくれるのではないだろうか。リュシアンとの仲を認めさせるために、もっと祖母のことが知りたい。

「先生、そのバルト子爵って」

更に尋ねようとしたその時、部屋の外から客人の来訪を告げる叩扉《こうひ》の音が響いた。

「失礼するわね、ノエル」

ワインレッドの派手なローブをまとった女性が、優雅な足取りで室内へと入ってくる。

「おばあ様⁉」

王太后の顔を見て、ノエルは驚きの声を上げた。祖母と対面するのは四日ぶり。王宮へ連れてこられた翌日、ノエルに講師陣を紹介し、立派な淑女になるよう言い渡した時以来である。リュシアンのことをわかってもらうため何度か彼女の部屋を訪れたが、常に不在で、どうにか話ができないものかと思っていたのだ。

それにしても、何て化粧が濃く若々しい女性なのだろう。年齢を操れる魔女ではないかとさえ思ってしまう。いまだに彼女が祖母だなんて信じられない。

思わずじっくり観察していると、カミーユが優美な笑みを浮かべ、王太后に挨拶《あいさつ》した。

「これは王太后様、ご機嫌いかがでしょうか？」

ノエルに接していた時とは態度ががらりと変わっている。この猫かぶりめ。

「ちょうどよかった、ポワイエ伯爵。あなたにも話しておきたいことがあったのです」

カミーユの二面性に気づくよしもなく、王太后はニコリと笑い、ノエルに視線を戻す。

「ノエル、今日はうれしい報《しら》せを持ってきましたよ。三日後の夜、あなたのお披露目を兼ねた舞踏会を開くことになりました。あなたが社交界にデビューする日が決まったのです。まだ少し心許ないけれど。大勢の貴族に招待状を出すつもりよ」

ノエルは吃驚し、動揺と期待半々の目で王太后を見た。

「その中にフォール公爵は……？」

「呼ぶわけがないでしょう。あなたを拐かした男なのだから。本来なら爵位を取り上げ、都から追放しているところです。バルザック一族の罪を暴いた功績に免じ、見逃してあげているだけなのよ」

「おばあ様、何度も説明しましたが、あれは私からフォール公爵に駆け落ちしてほしいとお願いしたことですし、私は誰よりも彼が——」

「それよりノエル、紹介したい青年がいるのです。私がお世話になった人の息子なのだけど、それは見目麗しく気だてのいい青年なの。明るくて社交的で機知に富んでいて、会えばあなたもきっと気に入るはずよ」

リュシアンについて話していたのに、王太后は何も聞かなかったかのごとく話の矛先を変え、ノエルに微笑みかけた。

「おばあ様、私には心に決めた男性がいます」

ノエルは鋭く面もちを改め、挫けることなく主張する。

「許しません」

「どうして⁉」

「陛下からフォール公爵がどんな人間なのか話を聞きました。彼はあなたにふさわしくない。あなたに駆け落ちをそそのかすような男性ですし」

「だから、それは――」

「ノエル、同じことを何度も言わせないで。私を怒らせると公爵にも災いが及ぶわよ？」

再度説明しようとしたノエルだったが脅しとも取れる言葉を挟まれ、声を詰まらせた。

何て我が強く独断的な女性なのだろう。彼女には話が通じない。結局、祖母は思い通りにならなければ気が済まないのだ。父が昔、駆け落ちを選択したのも頷ける。

言葉を失っていると、王太后は表情を和《やわ》らげ、優しく言い聞かせてきた。

「私はね、あなたのためを思って言っているの。私の薦《すす》める男性ならば、必ずあなたを幸せにしてくれるはずよ。フォール公爵やヨハン王子よりもね」

「……ヨハン王子。そうだ、お父さん――お父様は彼を推《お》していたはずです。なのに、おばあ様は別の男性がいいとおっしゃるのですか？」

「そうよ。ヨハン、あの子は危険だから」

「危険？」

「彼はバルザック一族が次の王にと望んでいた子。前王妃のことも慕っていたと聞くわ。彼らを退けた陛下にどのような感情を抱いていることか。陛下は気にしていないとおっしゃっていたけれど、私はね、バルザック一族には不実の罪を着せられて、散々な目にあわされたから。ヨハンを次期国王として認めるわけにはいかないのよ」

深緑の双眸に昏《くら》い陰を宿した王太后だったが、それも束の間のこと。

「その点、私の言う青年にならあなたと国のことを任せても安心だわ。三日後の舞踏会で引き合わせますから、己を磨《みが》いておきなさい。それまで絵画の授業は必要ないわ。明日からはその時間をダンスレッスンに当てますから、ポワイエ伯爵、あなたは舞踏会が終わるまでここには来なくていい。わかりましたね？」

ノエルからカミーユに視線を移し、王太后はにこやかに確認する。

唯一の安らぎの時間を、よりにもよってダンスレッスンに変えられるなんて冗談じゃない。ノエルはカミーユを見て小さくかぶりを振る。しかし――。

「かしこまりました、王太后様」

カミーユは恭《うやうや》しく頭《こうべ》を垂れて承諾した。

――この腹黒エセ紳士！

事なかれ主義を決め込む師匠をノエルは心の中でなじる。

そんなノエルには目もくれず、王太后は満足そうな笑みを浮かべて退室していった。

「結局、先生も自分の身がかわいいんですね」

扉が閉まると同時に、ノエルはカミーユに白い目を向けて非難する。

「当然だろう。王太后に逆らえば、今の王宮では生きていけないからな。私は自分の身がかわいい。いや、愛している！」

カミーユはいけしゃあしゃあと告げ、自らの体を愛おしそうに抱きしめた。

自己愛もここまでくるといっそ清々しい。ノエルは冷めた目でカミーユを眺め、すぐに頭を切り替えた。今は薄情者の師匠のことより考えなければならないことがある。

「ねえ先生、おばあ様が言ってた、僕に薦めたい男性って……」

ずっと気になっていた。王太后がやたらと推していた男性とは。

「間違いなくバルト子爵の子息だろうな。信頼の置ける愛人の息子を次の王配に据えて、自らの権力を確固たるものにしたいのだろう」

「おばあ様はもう次世代に向けての足固めを始めたということですか？」

「ああ。今、宮廷では王太后に媚《こ》びを売る貴族が急増している。国王は母親に逆らえない頼りない部分があるからな。ヨハン王子を支持する貴族も、王太后派の勢いにだいぶ押されてきているようだ。ああいう野心の強い女性に権力を握らせると大変なことになる。だから、バルザック公爵もいち早く王太后を退けたのだろう」

カミーユは現在の情勢について説明し、苦々しそうに持論を加えた。

ノエルは少しずつ祖母について理解を深めていく。部屋を訪れても常に不在だったのは、きっと自派の勢力を拡大させようと活動していたから。リュシアンとの仲を頑《かたく》なに認めようとしないのは、自らの意に染まった人間と結婚させたいがため。彼女は出会ったばかりの孫さえ権力の道具として使おうとしているのだ。

「僕はいったいどうしたら……」

あの祖母をどうやって説き伏せればいいのだろう。

苦悩に顔をゆがめていると、部屋の外から侍女の声が響いた。

「姫様、そろそろ次の帝王学のお時間です」

「えっ、もう⁉」

あまりの早さにノエルは愕然《がくぜん》とする。絵なんて何も描いていないのに。祖母やカミーユと話をするだけで終わってしまうなんて。

「では、私は戻るとしよう。まったく、ダイヤよりも貴重な私の時間を無駄にするとは」

「あっ、待ってください！　お願いしたいことが」

ノエルは退室しようとしたカミーユを引き留め、クローゼットに向かった。

そして、隅に隠していたバスケットを手に取り、カミーユの元へ戻る。

「何だ、またか」

「はい、これを宮廷画家のアトリエにいるレナルドに渡してください。仕事が終わったら公爵様のところに届けてくれるはずですから」

バスケットを手渡すと、カミーユは上から中をのぞき込んで尋ねた。

「中身はいつものものか？」

「ええ。毎日品目は変えてますけど。あの人、僕の手料理しか食べないから」

ノエルはリュシアンの顔を思い浮かべてこぼす。何日も家を空けたら彼が餓死してしまうため、毎朝暗いうちからこっそり厨房《ちゅうぼう》を借りてこしらえていたのだ。手の込んだ料理は無理そうだったので、サンドウィッチを中心とした軽食ばかりだが。王宮に出入りできる画家友達のレナルドに頼んで、届けてもらっていたのだった。

「わかった。渡しておいてやろう」

「ありがとうございます！」

ノエルは笑顔で礼を述べる。彼は嫌そうな顔をしつつ、いつも引き受けてくれるのだ。

「あの、先生はもう僕のこと妻にしようだなんて思ってませんよね？」

以前言われた言葉を思い出して問うと、カミーユは不愉快そうに眉をゆがめた。

「これだけ毎日見せつけられてはな。私は私を大好きな人間としか一緒に暮らしたくない。だから、お前はパートナー失格だ」

ノエルはホッと安堵《あんど》の溜息をつく。

「あからさまに安心するな！　この私よりあんな男を選ぶなんて、お前の感性を疑うっ」

カミーユは苛立ちをあらわに言い放つや、背中を向けて出ていった。

扉が大きな音を立てて閉まり、ノエルは戸惑いながらも小さく笑う。彼はどれだけ自分に自信があるのだろう。ただ、あんな人だけれど、いい部分だってちゃんとある。願いを聞き入れてくれるのも、パートナー失格だと言い放ったのも、たぶんノエルの意思を大事にしてくれているから。根本的に彼もリュシアンと同じく優しい性格なのだ。

ノエルは窓から南東の空を見上げた。愛しい人が暮らす邸の方角を。

「……旦那様」

ちゃんと食べてくれているのだろうか。レナルドから返されるバスケットはいつもカラになっているけれど。直接食べている姿が見たい。『おいしい』という言葉を聞きたい。

いや、何も言ってくれなくてもいい。一目でも会うことができるのなら。

ノエルは切なさに疼《うず》く胸を押さえながら、侍女に注意されるまで空を眺め続けていた。

王宮にいる時間は瞬く間に過ぎていく。ノエルが王宮に連れてこられて八日――。

「素敵ですわ、姫様」

ついに舞踏会の夜を迎え、部屋で着つけを担当していた侍女が、美しく変身した王女の姿を見て感嘆の溜息をこぼした。

「本当に。さすが王太后様がお見立てになった衣装です。よくお似合いですわ」

髪と化粧を担当していた侍女も賛同の声を上げる。ノエルが身につけているのは、レースに刺繍《ししゅう》、リボンやパールがふんだんにあしらわれたコーラルレッドのローブだ。ウエストはぎゅっと締まり、そこから下は釣り鐘形のパニエで大きく膨らんでいる。

化粧はおしろいやピンクの紅を適度に塗って、かわいらしく上品に。頭には縦ロールの入った亜麻色の鬘《かつら》をつけている。気品と華やかさを兼ね備えた王女の装いに、様子を確かめにきた王太后は、まんざらでもなさそうに頷いた。

「磨けば光るものね。これだけ見られるようになれば、まあいいでしょう」

当の王女はというと、何を言われても反応せず、化粧台の前のイスに座り俯いている。

「行きますよ、ノエル。どうしました？　ずっと浮かない顔をして。そんなことでは困るわ。あなたは今宵《こよい》の主役なのだから」

小言をこぼす祖母に、ノエルは胸に募らせていた不満をぶつけることにした。

「どうしても舞踏会に出なくてはいけませんか？　侍女からお見合いみたいなものだと聞きました。私には他に思いを寄せる男性がいるのに」

「ノエル」

王太后はうんざりした様子で名前を呼び、侍女たちに目配せして退室を促す。

侍女たちが引き下がるや、ノエルは思いきって自らの願望を口にした。

「おばあ様、私にはこんな高価なローブも、男性と引き合わされる舞踏会も必要ありません！　望んでいるのは一つだけ。リュシアン様と一緒になりたいんです！　そのためなら私は王女という立場も――」

「捨てようというの？　そして、またあの男と駆け落ちでもするつもり？」

王太后はノエルの主張を遮り、鋭い視線を向けて問いただす。

「それは……」

あまりにも強い目力に気勢をそがれ、ノエルは言葉を詰まらせた。身分を捨てる覚悟さえ決めて、話し始めていたのに。

「何の罪もない人間が罰を受けることになりますよ？」

思いも寄らない言葉にノエルは目を剝いた。

「あら、知らなかったの？　王族が責任を放棄して逃亡した場合、近しい人間は罰を受けることになるのです。共謀した者はもちろん、逃亡を許した兵、侍女に至るまで。この前の件は駆け落ちではなく、友人との旅行として陛下が処理したから誰も罪に問われることはなかったけれど。次は容赦しませんよ。あなたと公爵の橋渡しをしていたポワイエ伯爵とレナルドという宮廷画家にも重い罰を下すことにしましょう」

ハッと青ざめるノエルに、王太后は酷薄な笑みを浮かべて告げる。

「私が何も気づいていないとでも思いましたか？　この都で私の知らないことなど何もない。切り札にしようと見逃していたのよ」

ノエルは戦慄《せんりつ》を覚え、震える手を握りしめた。

「勘違いしないでちょうだい、ノエル。皆、あなたのためなのよ。駆け落ちしたところで誰も幸せにはなれない。両親のことを考えたらわかるでしょう？　散々苦労をして結局、別れることになるの。逃げればフォール公爵だって全てを失うわ。彼の親族も、私もあなたのお父様も皆、悲しむことになるのよ？」

王太后はノエルの肩を優しく撫で、切なそうに眉尻《まゆじり》を下げる。

「どうあっても私たちの仲を認めていただけないのですか？」

ノエルは震える声で何とか疑問の言葉を紡いだ。

「私もね、あなたの意思はできる限り尊重してあげたいのよ。でも、だめです」

「どうして？　彼が昔、私に契約結婚を強制したから？　性格に問題があるから？」

「公爵の人間性には目をつぶれるわ。立場だけ見ればあなたの伴侶としての資格を十分に備えています。でもね、私は知っているの」

「……知っている？」

嫌な予感がして冷や汗を浮かべたノエルに、王太后はもったいぶった口調で告げる。

「私が反対する大きな理由はね、フォール公爵が――」

「王太后様」

答えが明かされようとしたその時、侍女が部屋の外から控えめな声で呼びかけてきた。

「開始のお時間を過ぎています。皆様、星雲の間でお待ちです」

王太后はハッとしたように口元を押さえ、わざとらしくこぼす。

「あら、いけない。ノエル、急ぎましょう」

ノエルの手を引いて立ち上がらせるや、王太后は赤い唇を三日月のようにゆがめた。

「忘れないでね、ノエル。私には二つの切り札があるということを」

妖艶《ようえん》な微笑と言葉の魔力に、ノエルは胸を射すくめられる。

王太后が放った二本の楔《くさび》は、ノエルの胸に刺さったままずっと消えることはなかった。


「まあ、何て可憐《かれん》なお姿なのでしょう」

「本当におかわいらしい。王太后様、素敵な跡取りがいらしてよろしゅうございましたわね。バルザック一族が選んだ後継者では不安がございましたから」

「そうね。キャロルという娘には煮え湯を飲まされたけれど、王女を残してくれたのだから、許してあげてもいいわ。陛下の正統な後継者はノエルしかいないのだから」

「その通りですわ。姫様と王太后様が戻られて本当によろしゅうございました」

隣の席で祖母や取り巻きのご婦人たちが会話をしている。

ノエルは広間の奥に用意されたイスに座り、現実を遮断するように目を閉じていた。声はとても遠くに聞こえるのだけれど、内容は頭に入ってこない。

近くで奏でられている王室管弦楽団の雅《みやび》やかな楽曲も、頭には響《し》いてこなかった。何も聞きたくない。考えたくもなかった。好きな人との別離を強いられ、別の男性と引き合わされるなんて。ここが夢の世界であればいいのに。

「――エル。ノエル！」

固く目をつむっていると、呼び覚ますように王太后の声が響いた。

「そろそろ踊ってみてはどうです？　あなたが立ち上がるのを皆が待っていますよ」

ノエルは重い瞼を持ち上げ、隣の席に座る祖母から広間の中央へと視線を移す。

星雲の間と呼ばれるにふさわしい星空のようなきらめきが目をくらませた。東と西の壁は全てアーチ形の鏡。床は人の姿が映るほどぴかぴかに磨き上げられた黒大理石だ。天井からつり下げられたシャンデリアの輝きが床や鏡に反射し、無数の光を放っている。鏡の縁取りや壁のパネルを装飾しているのは全て金。壁際には女神の浮き彫りを施した黄金の大燭台《だいしょくだい》が置かれ、会場全体がまばゆい光に包まれている。

その空間に華を添えているのは、色とりどりの衣装をまとった淑女たち。男性陣のリードに合わせ彼女たちが舞うたびにローブの裾が広がり、星雲の間に鮮やかな花が咲く。踊っているのは十五組ほど。会場には二百人あまりの紳士淑女が集っている。

あまりの人の多さときらびやかさに、ノエルは目眩《めまい》を覚えた。

「私はまだ気分が……」

額に手を当てて、祖母に不調を訴える。初めはただ気分が乗らなくてイスに腰掛けていたのだが、どんどん具合が悪くなってきた。

「そう言って今日一日誰とも踊らず、私の顔に泥を塗るつもり？　皆があなたを歓迎して集まってくれたのですよ。少しぐらい我慢なさい」

王太后にたしなめられ、ノエルは苦痛をこらえるように拳を握りしめる。この王宮において祖母の命令は絶対だ。いつまでも拒んでいられるはずがなかった。集まってくれた人々に対し、王族としての礼儀を示さないわけにもいかない。

「……わかりました。では、少しだけ」

ノエルは暗い表情をしたまま立ち上がった。

ルドワールの社交界では、座っている女性をダンスに誘ってはいけないという決まりがある。ノエルが席を立った瞬間、王女を狙《ねら》っていた貴族の子息たちが一斉に動き出した。

しかし、その直後――。

「ルミエール男爵！」

広間に王太后の声が響き渡り、貴族の子息たちはこぞって足を止める。

すると、東の壁際から背の高い美貌の青年が広間の中央へと歩み出た。

そして、ノエルたちのいる北側の席へ向かい、ゆっくりとした歩調で進んでくる。

「まあ、何て美しい青年なのかしら。まるで天井画に描かれている天使のようだわ」

「もしかして、あの方が王太后様の話していらっしゃった……」

近くに座っていた貴婦人たちが、感嘆の溜息をもらしながらささやいた。

どこかで見たような気がしてノエルは目を凝らす。サファイアのような輝きを放つ青い瞳。一つに束ねられたブロンズの長髪。金糸の刺繡が施されたガーネットのジュストコールを上体にまとい、下には白いパンタロンと黒革のロングブーツをはいている。

青年がノエルたちの前まで辿りつくと、王太后はにこやかに口を開いた。

「紹介するわ、ノエル。彼はバルト子爵の子息で、ルミエールの男爵位を持つクリストフ・ドゥイエ。ずっと私があなたに会わせたかった男性です」

名前を聞いて、ノエルは完全に彼のことを思い出した。

駆け落ち先の邸を提供してくれたリュシアンの友人、通称クリス。

まさか彼が、祖母の愛人と言われている貴族の子息だったなんて。

「はじめまして、王女殿下。お会いできて光栄です。私と踊っていただけますか？」

驚くノエルにニコリと微笑みかけ、クリスはひざまずいて手を差し伸べてくる。

彼は気づいていないのだろうか。ノエルとは一度会ったことがあるというのに。あの時は男装をしていて今と全く様相が違ったから、気づかれなくても仕方はないが。

「待たれよ」

戸惑いながら彼を眺めていると、広間の北西から少し偉ぶった男性の声が響いた。

「王女と初めに踊る権利は王子にある。低位の者は控えるがよろしかろう！」

声を上げたのは、国王の五つ上の従兄弟《いとこ》に当たる王族、メスメル公爵だ。失脚したバルザック公爵に代わって、ヨハン王子の後見人を務めている。

彼の声が広間に行き渡るや、北側の席から線の細い少年が姿を現した。リボンでくくった髪は茶色を取り込んだ金。爛々《らんらん》と輝く飴色《あめいろ》の双眸からは純真さと利発さが垣間見える。細身の体にまとっているのは、多彩な絹の刺繍があしらわれた暗青色のジュストコール。その下に同じビロード製のキュロットをはいている。

彼にも以前一度宮廷画家のギャラリーで会ったことがあった。跡継ぎがいなかった国王の養子として王子の地位に就《つ》いた、ニコラの甥《おい》。

「……ヨハン殿下」

ノエルは同い年の従兄弟の顔を瞠目して見つめる。

「ノエル王女、私と一曲踊っていただけないだろうか？」

クリスと並んでノエルの前に立つや、ヨハンは右手を左胸に当ててお辞儀した。

「お待ちなさい！　王女には先にルミエール男爵が――」

「王太后様、優先順位は先に声をかけたかどうかではありません。より位の高い人間が王女と先に踊るのです。それが社交界におけるマナーのはず」

ヨハンを退けようとした王太后だったが、メスメル公爵に口を挟まれ、「うっ」と声を詰まらせた。

しばらく両者は言葉を発することなく睨み合う。まるで無言の政権争いを繰り広げているかのように。周りの取り巻きたちも王太后派とメスメル公爵を始めとする王子派の二つにわかれ、鋭い視線を交わしていた。

「ノエル、先にヨハンと踊りなさい。社交界の取り決めですから」

北側中央の玉座についていた国王がその場に割って入り、張りつめた空気を払う。

王子に軍配が上がり、メスメル公爵は安堵の笑みを浮かべた。

「殿下が声をかけられたのであれば、私の出る幕ではございません。姫君、できましたら王子と一曲踊られました後にぜひ」

クリスはにこやかな表情を崩すことなく一礼し、ノエルの元から遠ざかっていく。

対して、王太后は唇を嚙みしめ、悔しそうにヨハンを睨んでいた。

「では王女、お手を」

王太后の視線に気づくこともなく、ヨハンはノエルへと右手を差し伸べる。

ためらっていたノエルだったが、父親に促され、ヨハンの手を取った。

彼に導かれて広間の中央に立つと、いったん演奏をやめていた管弦楽団が再び曲を奏で始めた。曲目はルドワールの宮廷に古くから伝わる舞曲『アレオンのメヌエット』。

二人は軽く膝《ひざ》を折ってお辞儀し、四分の三拍子の優雅なリズムに合わせて踊り出した。

ステップは六拍。二拍目と六拍目で膝を曲げ、次の拍子には踵を上げる。

始めは何度か振りつけを間違えてしまうこともあったが、ヨハンが正確な手本を示してくれたため、動きを止めることなく踊ることができた。

広間の中央に『Z』の軌跡を描きながら、時に手を取り合い、時に離れて左右対称のステップを刻む。

心理的にも余裕ができてきたところで、ヨハンが微笑を浮かべ話しかけてきた。

「顔を合わせるのは、宮廷画家のギャラリーで会った時以来だな」

気づいていたとは思わず、ノエルは驚きの声を上げる。

「私のことを覚えておいでなのですか?」

「もちろんだ。父上からも話は聞いている。まさか、君が女だったとはな」

ヨハンはノエルの手を取って踊りながら肩をすくめた。

「……ごめんなさい」

騙《だま》していたことを申し訳なく思い、ノエルはわずかに面を伏せる。

「謝る必要はない。父上を捜すためだったのだろう。健気《けなげ》なものだと感心していたのだ」

ヨハンは慰《なぐさ》めるように言って、ステップが止まりかけたノエルを優しくリードした。

本当に非の打ち所がない王子だとノエルは感心し、これからのことに思いを巡らせる。彼が素敵な伴侶を見つけて国を継いでくれたら一番いいと思うのだが。

「ヨハン王子は結婚についてどうお考えなのですか？」

せめて彼に自分との結婚の意思がなければ。ノエルは胸に期待を抱いて訊く。

「私はノエル王女を妻としたい。父上もメスメル公爵も強く薦めてきていることだしな」

ヨハンは当然とばかりに答えた。

ノエルはステップを誤り、つんのめりそうになる。すぐにヨハンが手を引いて支えてくれたため何とか踏みとどまった。ダンスも結婚もなかなか思い通りにはならない。ヨハンに自分への恋愛感情は一切なさそうだが、結婚の意思があるとなれば厄介だ。

ステップが崩れそうになったところで、メヌエットの演奏が終わった。

危ないところだったと、ノエルは冷や汗を浮かべながら安堵する。曲がゆったりしていたこともあり、大きな失態をさらすことなくどうにか踊りきれた。

「もう終わりか。王女、今度またゆっくり話をしよう」

ヨハンは膝を曲げてお辞儀し、ノエルの元から離れていく。

息を整えていると、次の予約をしていたクリスが近づいてきて、ノエルに話しかけた。

「ようやく出番が回ってきましたね。一日千秋の思いで待ちわびておりました。さあ姫君、お手をどうぞ」

少し休憩したかったが、鋭い視線を送ってくる祖母の手前、断るわけにもいかない。

ノエルはためらいながらも、差し出された手を取った。

「あの、一度お会いしたことはありませんか？」

どこまでも気づかない様子のクリスに、それとなく確認する。ノエルがリュシアンの恋人であるとわかれば、もしかしたら遠慮してくれるかもしれない。少しぐらいは。

「姫、それは私を口説いていらっしゃるのですか？　大変光栄ではありますが、私は口説かれるよりも女性を酔わせたい」

背中に腕を回されると同時に耳元で甘くささやかれ、ノエルは「ひゃっ」と小さな悲鳴を上げた。

「ああ、何てかわいらしい声で鳴かれるのか。金糸雀《カナリア》も恥じらって逃げていくでしょう」

二人がホールドを組むや、楽士たちは見計らったように演奏を始める。

曲目は『絢爛《けんらん》たる大円舞曲』。最近社交界で流行《はや》り出したテンポの速いワルツだ。

二曲目にして最も苦手とする高度な種目が回ってきてしまった。メヌエットとは違い、男女が常に一体となってステップを刻まなくてはならない。

四分の三拍子の軽やかなリズムに乗って、クリスが右足を前に踏み出す。

彼のリードに従い、ノエルも少し遅れて左足を後ろに動かした。

「大丈夫ですよ、美しい姫君。全て私にお任せください。あなたはただ私の動きに合わせてくだされぱいいのです」

クリスがまた耳に息を吹きかけるようにしてささやく。

次は双方向きを合わせて体を横へ。浮き沈みを繰り返し、三の拍子で足を揃える。

「そうです。お上手ですよ。このままあなたと天まで昇っていってしまいたくなる」

ささやかれるたびに、ノエルは耳がくすぐったくてのけぞりそうになった。

「感じておられるのですか？　私もです。あなたはとても好《い》い」

クリスがことあるごとに甘い台詞を吐きかけるものだから、ノエルはダンスどころではない。倒れないよう体に力を入れ、足を動かしているだけで精一杯だった。

ナチュラルターン。ウィーブ。スピン。回転技が増え、速度がどんどん上がっていく。

連続するターンに目が回り、もはや自分がどんなステップを踏んでいるのかさえ判別がつかない。おそらく、ほとんどクリスに引きずり回されていただけだろう。

曲が終わる頃にはもうふらふらで、立っているのがやっとだった。

「素敵でしたよ。まさかあそこまで私に体を預けられるとは思いませんでしたが、男冥《おとこみょう》利《り》に尽きるというものです。ぜひもう一度私を酔わせていただきたい。私のかわいい姫」

お辞儀をしながら言い寄られ、ノエルは寒気と同時に目眩を覚える。よくもまあ次から次へと甘ったるい口説き文句が出てくるものだ。「かわいい」「美しい」といった言葉は何十回聞いたかわからない。

「おばあ様、私、本当に具合が……。少し夜風に当たらせてください」

ノエルは頭を押さえながら席へ向かい、切実な思いで訴えた。

「まあ、それは大変。ルミエール男爵、王女につき添っておあげなさい」

王太后はわざとらしく驚き、近くまでついてきていたクリスに呼びかける。

「もちろんです。私のつたないダンスが王女様を酔わせてしまったのでしょうから」

「一人で結構です！」

ノエルはぴしゃりと言い放ち、南のテラスへと足を向けた。

「ついてこないでくださいっ」

外に出ても後を追ってくるクリスに、たまらず怒声を上げる。

「そういうわけにはまいりません。王太后様のお申しつけですから」

「必要ありませんっ。一人にしてください！」

クリスを振りきろうと、ノエルはテラスを出て、宮殿から離れた暗がりへ向かった。

「そんな暗いところまで行くと危険ですよ」

クリスが忠告した直後、

「わっ」

ノエルは地面に根を張っていた木に足を取られてつんのめった。

すかさずクリスが手を差し伸べ、ノエルの腕を掴み止める。

転倒を免れホッとしたのも束の間、体を抱き寄せられた。

「ほら、危険だと言ったでしょう。こんな誰もいない場所まで行くなんてね」

ノエルの背中に腕を回し、クリスはまたもや耳元でささやく。

「二人きりですね、姫。ここなら誰にも邪魔はされません」

「は、放してください！　人を呼びますよ？」

「来ませんよ。おばあ様が兵に二人きりにさせるよう命じているでしょうから。実はね、あなたに何をしてもいいって、もう免罪符はいただいているのです。だから、姫」

「や、やだっ、放してください！」

ノエルは自らの迂闊さを呪《のろ》った。クリスがここまで強引な男性だったなんて。

迫ってくる唇から逃れるように顔を背け、助けを求める。

「誰かっ」

最も会いたい人の顔が脳裏をよぎった。こんな場所に彼が現れるはずはないけれど。自分が危機に陥《おちい》ると、いつも助けにきてくれたから。

「旦那様！」

目をつむり、愛する人を呼んだ次の瞬間――。

「おい、その汚い手をどけろ」

殺気立った低い声が耳に届き、ノエルはハッとして瞼を開いた。

「さっさとしろ。これ以上私を怒らせるな」

黒いフェルト帽を被《かぶ》った黒髪の男の姿が視界に入る。長身瘦軀《そうく》の体にまとっているのは黒のルダンゴートとパンタロン。手には短銃が握られ、銃口をクリスへと向けている。

髪も格好も想像していた人とは違い、一瞬誰だかわからなかったが。

「おい、本気になるなよ。冗談だって。途中から彼女の反応がおもしろくなっちゃってね。男ってほら、逃げる獲物は追いたくなる狩猟本能があるから。うまいこと誰もいない場所に誘導してやったじゃないか。多少のお遊びは大目に見ろよ」

両手を上げたクリスが、唇をひきつらせて訴える。

――え？

ノエルは目をぱちくりさせて、黒ずくめの男の顔を見た。目の色は凍《い》てついた湖のように淡いブルー。薄めの唇に、高い鼻梁《びりょう》、透き通って見える白い肌。神々が創造した最高傑作かと思えるほどに整ったこの顔は――。

「旦那様⁉　え？　でも、髪が……っ」

ノエルは驚愕《きょうがく》の声を上げ、リュシアンの頭に視線を移した。

「これは鬘だ。私の銀髪は目立つだろう。変装のようなものだ」

「変装って、ちょっと待って。いったいどういうこと？」

二人の男性の顔を交互に見やる。変装したところで招待状がなければ王宮には入れないし、さっきのクリスの話も意味不明だ。まるで事前に二人で計画していたかのような。

わけがわからず目を瞬いていると、リュシアンが面倒くさそうに口を開いた。

「私は舞踏会に招待されなかったうえ、兵に警戒されていたからな。招待状を持っていたこの男に、また仕事を依頼したのだ。私を護衛として王宮に伴い、できればノエルを誰もいない場所まで連れ出してほしいと」

「……どうして？」

説明されてもなかなか事情を呑み込めず、ノエルはぽかんとして尋ねる。

「君がなかなか帰ってこないからだろうがっ。必ず戻ってくると言っておいて、いつまで待たせるつもりだ？　あのような軽食だけで体が持つはずがないだろう」

リュシアンは苛立った様子で答えた。

「それで僕を迎えにきてくれたんですか？」

ノエルはようやく彼の意図に気づく。

「ああ。君がいない生活はもう限界だった。だから、自ら取り戻しにきたのだ」

待っていた答えを聞き、胸の奥から喜びの感情があふれ出した。

「旦那様っ」

ノエルは衝動の赴《おもむ》くままにリュシアンの胸へと飛び込んでいく。

「……ノエル」

リュシアンは愛おしそうに名を呼び、ノエルの体を抱き留めた。

まさか、ものぐさな彼が危険を冒《おか》し、王宮までやってきてくれるなんて。

ノエルの胸は恋人への愛しさと熱い思いでいっぱいになる。

「君がそんな綺麗《きれい》な格好をして、他の男と踊っている姿を見た時は気が狂いそうだった」

再会できた喜びを噛みしめていると、リュシアンが耳元で苦々しそうにこぼしてきた。

「綺麗？　衣装が？」

彼の口から「綺麗」なんて言葉が出るとは思わず、ノエルは顔を見上げて訊く。

「いや、衣装じゃない。君が綺麗なんだ」

ぶっきらぼうながらも、リュシアンはノエルの目を見て答えてくれた。

どうしたのだろう。今日の彼はいつもよりも素直だ。

「うれしいです。他の誰に言われるより。旦那様もいつもと違うけれど素敵です」

ノエルも笑顔で素直な気持ちを伝える。百の人間に百回賞賛されるより、好きな人にたった一言褒めてもらう方が百倍はうれしい。

「ねえ、イチャつくのは後にした方がいいんじゃない？　いつ誰が来るかわからないし」

熱い視線を交わしていたところで、クリスがつまらなそうに声をかけてきた。

彼がいたことを忘れていたノエルは、顔を紅潮させてリュシアンから体を離す。

「あ、あの、クリスさんは初めから僕のことに気づいていたんですか？」

空気を変えようと、気になっていた疑問を向ける。クリスはいかにも初対面だという態度で接してきていたが、あれは演技だったのだろうか。

「まあ、知らないことには計画をうまく進められないからね。リュシアンから事情を聞いて驚いたよ。あの時の少年が実はお姫様で、女嫌いな友人と半夫婦状態だったなんてさ」

「おい、知っていながらなぜ必要以上に彼女に迫った？　テラスの窓から何度銃弾をぶち込もうと思ったかわからないぞ」

「だから、それは僕のテクニックで彼女を酔わせて外におびき寄せようと思ったんだよ。全部君のためじゃないか。嫌だなぁ」

怒りをみなぎらせるリュシアンに、クリスは慌てた様子で答えた。

彼の回答に納得しつつ、ノエルはもう一つ気になっていたことを訊く。

「公爵様の計画に荷担したということは、王配になるつもりはないんですか？　おばあ様はあなたのことをすごく推してましたけど」

「王配？　ないない。あの方は僕の父を近くに置きたくて、勝手に話を進めているだけだから。お金は大好きだけど権力には興味ないよ。王配なんかになったら、外で遊び回る自由もなくなるじゃないか。女の子だって口説けなくなりそうだし」

そんなの冗談じゃない、とでもいうようにクリスは首を大きく横に振った。

なるほど。確かに、女性が好きで自由奔放そうな彼に王宮生活は向いてなさそうだ。

「で、この後どうするのさ？」

全ての疑問を片づけたところで、クリスがリュシアンに視線を向けて質問した。

ノエルはハッとして目を見開く。そうだ、色々と謎《なぞ》は解けたが問題は何も解決していない。自分たちの結婚を認めてもらうためにはどうすればいいのか。結婚の許可までは行かなくても、一緒にいるための方法を模索したい。

期待を込めてリュシアンを見ると、彼は神妙な面もちで解決策を口にした。

「方法は二つある。一つはこのまま王宮を出て、駆け落ちするのだ」

「か、駆け落ち⁉」

思わぬ回答に、ノエルの口から裏返った声が飛び出す。

「国王と王太后を説得することはできなかったのだろう？　認めてもらえないのであれば本当に駆け落ちするしかない。今の状況なら、また君に男装させて連れ出すことは可能だ。こちらは王太后の腹心とも言える男を雇っているのだから」

「だっ、だめですだめです、駆け落ちは！　あの祖母から逃げおおせることができるとは思えませんし、危険です。成功してもたくさんのものを失うことになります！」

祖母との会話を思い出し、ノエルは即座に彼の案を却下した。危険な目にあうのは自分たちだけではない。罪のない侍女や兵、カミーユやレナルドにまで害が及ぶのだ。

「うん、その方法はあまりお勧めできないかな。王太后様はきっと地の果てまで君たちを捜しにくるよ。下手をすればバルザック一族と同じように人質だって取りかねない。あの方の権力への執着心は相当なものだから。僕だってさすがに罪に問われるし」

クリスからも反対され、リュシアンは不本意そうに口を開いた。

「ならば仕方がない。もう一つの策を遂行する」

「……もう一つの策？」

「正攻法だ。成功する確率は高いとは言えないが、これしか手は残されていないからな。私についてこい、ノエル」

リュシアンの頭からフェルト帽と鬘が取り除かれ、プラチナブロンドの美しい長髪が月光の下にさらされる。

「は、はい」

ノエルはドキリとして答え、歩き出したリュシアンの後に従った。

「あの、正攻法っていったい何を……？」

「君は黙ってついてきてくれたらいい」

リュシアンはノエルの手を取り、舞踏会が続いている宮殿へと戻っていく。

「あ、あのっ」

まさか父と祖母に喧嘩《けんか》を売りにいこうとしているのでは。不安に思い話しかけたノエルだったが、リュシアンは立ち止まることなく南のテラスから堂々と星雲の間に入った。

南側にいた貴族たちが二人に気づいて驚き、ひそひそとささやき合う。

「王女と一緒にいらっしゃる見目麗しい殿方は？　ルミエール男爵といらしたのでは？」

「見たことがないな。あれほど目を引く男が貴族なら、知らぬはずはないと思うのだが」

密やかな声が会場全体に伝わり、瞬く間にざわめきへと変わっていった。

ノエルとリュシアンの仲については、身内の他に限られた兵と宮廷画家しか知らない。

ノエルの過去にまつわることはニコラが箝口令《かんこうれい》を敷き、情報の流出を防いでいたからだ。

社交界に出たことがないリュシアンの顔を知る貴族はいないようで、多くの人間が「あの男性は誰なのか」と疑問を口にし、広間の北側へと向かっていく二人に注目していた。

リュシアンは衆人の視線を気にする素ぶりもなく先へ進み、玉座から十歩ほどの距離で足を止める。そして、ノエルと繋いでいた右手を懐に持っていこうとした。

まさか、上着に隠している銃で父を脅そうとしているのでは。

ノエルはぎょっとしてリュシアンの手を引き留めようとする。

だが、予想に反し、リュシアンの右手は左胸の上で止まり、そして――。

「陛下、招待も受けていない身でこの場に参りましたこと、ご容赦ください。王女とのことでどうしてもお許しをいただきたかったのです」

リュシアンは国王に向かって膝を折り、真剣な顔をして告げた。

「私は王女を心から愛しています。伴侶となる女性は彼女しか考えられない」

思いも寄らなかった告白に、ノエルは極限まで目を見開く。

「しかし、王女は国を継ぐかもしれないやんごとない身の上。対して私は人を嫌い、邸にひきこもるような弱くてろくでもない人間でした。陛下が反対されるのも当然です」

ノエルと同様の反応を見せる国王に、リュシアンは目をそらすことなく話し続ける。

「でも、私は彼女と出会い、変わった。彼女のためならもっと変われると自信を持って言える。私に王配としての能力を求めるなら、帝王学に関する百の指南書を暗記してみせましょう。王女を守る武力を求めるのなら、修練を積み百の騎士を打ち負かす。彼女を思う心の強さならばすでに誰にも負けない。だから、私たちの仲を認めていただけないでしょうか？　正式に王女を伴侶として賜《たまわ》りたいのです。どうか」

リュシアンはひざまずいたまま頭を垂れ、国王に結婚の許可を乞《こ》うた。

先ほどまでのざわめきが嘘《うそ》のように広間一帯が静謐《せいひつ》さで満たされる。

「ノエル、あなたはどう思っているのですか？」

瞠目して話を聞いていたニコラが、真顔になって尋ねる。

いつの間にか目の縁に溜《た》まっていた涙を拭《ぬぐ》い、ノエルはリュシアンから父親に視線を移した。答えなんて決まっている。自分が愛しているのはただ一人、リュシアンだけ。

彼は大勢の貴族と父親の前で永遠《とわ》の愛を誓ってくれた。その誠実な姿勢に父の心も大きく動いたようだ。

王族の婚姻の最終的な決定権は国王にある。貴族たちが証人となるこの場所で、リュシアンの求婚を受け入れ国王が許可すれば、ノエルたちの結婚は決定的なものになる。これがリュシアンの言っていた正攻法。

大丈夫。後は素直な気持ちを伝えるだけ。そうすれば大好きな人と一緒になれる。

「私も――」

「ノエル‼」

返事を伝えようとしたその時、全てを遮断する女性の声が響いた。

ノエルは大きく目を見開き、北東の席に視線を移す。

「……おばあ……さま……」

目が合うと、王太后はつり上げていた眉尻を下げ、笑みさえ浮かべて口を開いた。

「私が反対する理由を皆の前で話して聞かせましょうか？」

ノエルの心臓は居心地の悪い音を立てて跳ね上がる。

祖母の冷ややかな微笑が、全身の神経を一気に凍りつかせた。

本能が告げている。あの女性に逆らってはいけない。彼女は愛する人を一突きで仕留められる刃を胸に隠している。祖母に切り札を出させてはいけないと。

「……フォール公爵、このように勝手なことをされては困ります」

自分のものとは思えないほど無機質な声が、唇からこぼれ落ちる。

「今宵の舞踏会は、皆が私を歓迎して集まってくださった社交の場。個人的な願望を陛下に直訴するような場所ではありません。私の返事は機会を改めてお伝えします。今宵はどうぞお引き取りください」

瞠目するリュシアンに、ノエルは生気のない人形のような目をして告げた。

「王女として正しい受け答えです。さあ、お前たち、早く公爵を外に追い出しなさい」

王太后は満足そうに微笑み、出入り口にいた兵に命を下す。

「ノエル！」

信じられないといった表情でリュシアンが名を呼び、手を伸ばしてきた。

向かってきた二名の兵がリュシアンの両腕を摑み、ノエルから引き離そうとする。

「このような方でも彼は私の恩人です。くれぐれも手荒なまねはしないでください」

ノエルは兵たちに厳として要求し、王太后に視線を移した。

「おばあ様、具合が悪いので部屋に下がらせてください。これ以上は本当につらくて」

苦痛をこらえるように胸を押さえつつ、目に昏い感情を宿して訴える。

「やれやれ、仕方のない子ですね。私がつき添ってあげることにしましょう」

ノエルの意を汲《く》み取《と》ったのか、王太后は肩をすくめて応じた。

「皆は気にせず舞踏会を楽しんでいるように。さあ、行きましょうか、ノエル」

ローブの裾を翻《ひるがえ》した王太后の後に、ノエルは沸き立つ感情を抑えながら続いていく。

祖母のことを初めて憎いと思った。あと少しで彼との結婚を認めてもらえたかもしれないのに。自分もリュシアンを愛している、そう言って、彼の胸に飛び込んでいきたかったのに。あんなにも誠実で真心のこもった愛の告白を退けてしまった。

それもこれも全て祖母のせいだ。彼の気持ちを思うと、本当に胸が痛くて仕方がない。

「おばあ様！」

ノエルは自室に戻るや、王太后の両腕を掴んで鋭く睨みつけた。

「あらあら、随分と威勢がいいこと。仮病を使うなんて、困った子ねぇ」

「御託は結構です！　聞かせてください。おばあ様が彼のことを認めない本当の理由を」

はぐらかそうとする祖母の腕を揺さぶり、回答を迫る。

そのまま強い眼差しで見すえていると、王太后は「わかりました」と頷き、重い空気を払うように口を開いた。

「彼が庶子であることを隠し、公爵家の嫡子として財産を得ようとした男だからよ」

ノエルは大きく目を見開き、震える声で疑問の言葉を紡ぐ。

「……どうして、おばあ様がそれを……？」

リュシアンの秘密は、ペリエ公爵家に縁《ゆかり》のある限られた人間しか知らないはずなのに。

「この都で私の知らないことなど何もない、そう言ったでしょう？　詳しくは教えられないけれど、私の情報網を駆使すれば何ということはないわ」

放心状態のノエルに、王太后は少し得意げに話して聞かせた。

「おばあ様、彼がペリエ公爵家の嫡子として振る舞ってきたことには大きな理由があるのです。決して私利私欲のために地位や財産を得ようとしていたのではなく」

「理由など問題ではないわ！　彼はすでに身分の詐称という大きな罪を犯したの。犯罪者を王女の伴侶にはできません。もしそのことが民に知れ渡ったら、王室の権威は地に落ちるでしょう。だから、私は公爵をあなたの夫として認めるわけにはいかないのよ」

真っ当な理由を述べる祖母に、ノエルは面を伏せ、低い声音で尋ねる。

「黙っていてもらうわけにはいかないのですか？　おばあ様だけが把握されていることなのでしょう？」

「いけません、ノエル。いつどこからもれるかもわからないのよ？　そんな危険は冒せないわ。それに、私の意見は伝えたはずよ。あなたにはバルト子爵の子息がお似合いだと」

王太后はノエルをたしなめ、含みのある笑みを浮かべた。

「もしかして、脅しているんですか？　彼と一緒にならなければ、秘密をもらすと」

「あら、そんなこと誰も言っていないじゃない。王族の結婚はあなたの意思だけでどうにかできるものでもないし。でも、波風を立てなければフォール公爵の秘密はもれにくくなると思うわ。発覚したら大変よ？　彼は地位も財産も全て失うことになる。それだけじゃない。ルドワールにおいて身分の詐称は重罪ですからね。よくて国外追放処分。終身刑を言い渡されることもありえるわね」

遠回しな脅しの言葉に、ノエルは戦慄を覚える。逆らえばリュシアンを罪人として告発する、祖母はそう暗示してきているのだ。彼から全てを取り上げると。

「さあ、どうしますか、ノエル？」

王太后が余裕の表情で問いかける。孫娘の回答を確信しているかのように。

ノエルは瞼を伏せ、拳を強く握りしめながら答えた。

「フォール公爵に手紙を書かせてください」


次の日、王宮はある噂で持ちきりになる。

王女が手紙を通じ、フォール公爵の求婚を正式に断った、と――。

年若い王女と公爵の艶聞《えんぶん》が、しばらくの間ルドワールの社交界を揺るがせたのだった。

第二章　二人の花婿候補と結婚への試練

いくつもの画廊や美術関連の店が軒《のき》を連ね、花と緑にあふれた芸術の都レミュー。王宮へと繋《つな》がる広い路《みち》を二頭立ての馬車が軽快な音を響かせ駆けていく。

リュシアンはブノアが操る馬車に揺られながら、これまでの出来事を思い返していた。

先日、国王陛下に申し出られた求婚の件につきまして
わたくしより改めましてお断りさせていただきます。
今後はどうかわたくしのことはお忘れください。
ノエル・アルファン・ド・ルドワール

昨日の朝、王宮から届いたのは、そんな簡素な文章が記されたノエルからの手紙だった。筆跡はまさしく彼女のもの。

きっと王太后に無理やり書かされたのだ。そう思い、毎日夕暮れ時に軽食を持って訪れ

るレナルドを待ったが、彼が現れることはなかった。居ても立ってもいられずブノアを連れ、王宮に赴《おもむ》くことにしたのだ。彼女の口から手紙の真意を聞き出すために。

思索にふけっていると、進行方向にバラのレリーフを掲げた金柵《きんさく》の門が見えてきた。

ブノアが門の前で馬車を止め、警備の兵に通行証を提示する。爵位を持つ貴族なら、平常時はそれだけで通れることになっているのだが。

「フォール公爵ですね。恐れ入りますが、貴殿の通行証は現在無効となっております。先日、許可もなく舞踏会に参加した罰則であると上層部から通達を受けておりまして」

馬車が動くのを待っていたところで、ブノアと話していた兵が車輿《しゃよ》の窓辺までやってきて、リュシアンに通行証を突き返した。

すんなりノエルに会えるとは思っていなかったが、まさか門さえ通過できないとは。

「何とか通してもらえないか？　どうしてもノエルと、王女と話がしたいのだ！」

あきらめがつかなかったリュシアンは、窓から身を乗り出すようにして訴える。

「申し訳ございません。王太后様より、絶対に通してはならないと厳命されておりますので。王女殿下も、公爵には二度と会うつもりはないとおっしゃったようでして」

「……二度と会うつもりはない、だと？」

「ええ。そういうわけですので、お引き取りください」

瞠目《どうもく》するリュシアンに言い渡すや、兵は「では」と告げ、門の脇《わき》へと戻っていった。

リュシアンは呆然《ぼうぜん》として門の奥に佇《たたず》む白亜の宮殿を眺める。

まさか本当にノエルがそんなことを言ったのだろうか。二度と会うつもりはないと。

いや、違う。絶対に彼女の意思ではない。自らにそう言い聞かせていた時——。

「リュシアン？　リュシアンではないか！」

王宮の前を貫く路の東側から甲高い女性の声が響いた。

リュシアンはそちらに顔を向け、淡いブルーの双眸《そうぼう》を剝《む》く。

一つに結い上げられた髪の色は褐色がかった黒。瞳《ひとみ》も黒く、かすかな青みを帯びている。気の強さがいかにもにじみ出たつり上がり気味の眉《まゆ》に、真っ赤な紅を塗った薄い唇。

これまで何度も目にしてきた。吐き気さえ催《もよお》すその顔は——。

「……義母上《ははうえ》」

いや、イザベル。実家に君臨し、長年苦しめられてきた女性を義母《はは》と呼ぶのも忌々《いまいま》しく、リュシアンは心の中で言い換える。それにもう義母ではない。彼女は父に離縁され、もはや何の関係もないのだから。生家であるバルザック一族が失脚し、今は知人の家でお金にも不自由な生活を送っていると聞く。その彼女が、「なぜここに……？」

心の中で発したつもりだった言葉が思わず外に出てしまう。

「私が王宮の近くを歩いていてはおかしいか？　ペリエ公爵とは離縁したが、今も王都で普通に暮らしているわっ」

イザベルは細い眉を更につり上げ、苛立《いらだ》たしげに言い放った。

彼女なりのプライドなのか、貧しい暮らし向きについては明かすつもりがないらしい。

「私のことなどどうでもいい。お前、王女に求婚を断られたそうだな。社交界中に広まっているぞ。実に愉快な話ではないか！」

己の話を断ちきるや、イザベルはあざ笑いながらリュシアンの噂《うわさ》について言及した。

イザベルの耳に届くほどその話が広まっているとは。不可解に思いつつ、リュシアンは平静を装い押し黙る。だが――。

「その王女とは、お前が結婚していたノエリアという娘なのだろう？」

彼女が小声で告げたその言葉には表情を保っていられず、自然に大きく目が見開いた。

「つてを使って知ったのだ。だが、心配するな。口外するつもりはない。ノエリアは今や国王と王太后の庇護《ひご》下にある。取るに足らない身分の私がいくら吹聴したところで誰も信じまい。王太后たちに恨まれるばかりで、私には何のメリットもないしな」

眉をひそめたリュシアンに、イザベルは恩着せがましく言明する。

「お前の身の上についてももちろん黙っていてやるぞ。露見しては私まで罪に問われることになるからな。王女に捨てられ、傷ついたその顔を拝めただけでひとまずは満足だ」

楽しげに笑うイザベルを、リュシアンは睨《にら》むように見すえてつぶやいた。

「彼女は私を捨ててなど……」

「往生際の悪い男だな。捨てられたのは明白ではないか！　王女には二人の立派な花婿候補がいて、近々どちらかと婚礼を挙げるという話だぞ？　いずれも人間性に優れた社交的な男で、一人は王子だと聞く。王女も心変わりしたのだろうよ。お前は性格のひねくれた根暗な男だからな。おまけに偽りの地位しか持っていない」

イザベルの告げた言葉の数々が、リュシアンの胸に深く突き刺さる。自分についての指摘は事実であるだけに疵《きず》を抉《えぐ》られた。ここ最近気にしていたことでもあったから。

「リュシアン、女に幻想を抱くな。知っているだろう？　女がどのような生き物か。これまで身をもって味わってきたではないか」

イザベルの赤く染まった爪《つめ》の先が、リュシアンの顎《あご》へと伸びてくる。

脳裏に過去の記憶が走馬灯のごとく甦《よみがえ》った。彼女たちから受けた嫌がらせの数々。浴びせられた罵声《ばせい》。追いつめられた母の顔。

次第に体は震え、息が詰まりそうになり、リュシアンは喉《のど》を押さえた。

イザベルはその様子を満足そうに眺め、絶望を与えようと更に畳みかける。

「本命の男がいても平気で浮気をするぞ。女とは薄情で流されやすい生き物なのだ。権力を手にしたとなれば特にな。更なる高みを求め、愛した男さえ捨てる。浅はかで強欲で」

「おい、いい加減にしろよ？」

イザベルが不信をあおろうと言い立てていたその時、前方から遮《さえぎ》るように声が響いた。

「それ以上口を開けば、女だって容赦しねえ。ぶん殴ってやる！」

御者台から降りたブノアがイザベルへと近づいていき、拳《こぶし》を前に突き出してみせる。

さすがのイザベルもこの脅しには息を呑《の》み、数歩後ずさった。

しかし、彼女もただでは引き下がらない。

「リュシアン、最後に予言してやろう。お前は決して幸せにはなれない。運命に呪《のろ》われた虚飾だらけの人間だからな。そんな男を心から愛す女はいないだろうよ！」

不穏な言葉を吐き捨てると彼女は高らかな笑い声を上げ、馬車から遠ざかっていった。

殴りかかろうとしたブノアだったが、何とか憤《いきどお》りを収め、リュシアンへと向き直る。

「旦那《だんな》、あんな女の言うことなんて気にする必要はありませんよ。きっとノエルの奴《やつ》にも何か事情があるんです。今日にでもレナルドが食事を持って伝えにきてくれますよ」

ブノアに励まされ、リュシアンは「……ああ」と小さく返事をした。

彼の言う通りであると思いたい。ノエルを信じ続けたいと。

だが、体の震えはなかなか収まらず、イザベルの言葉が頭から消えることはなかった。


世界が闇《やみ》に包まれている。もう昼間なのに。

部屋の窓に備えられたカーテンを全て閉めているからか。いや、それだけではない。

ノエルは天蓋《てんがい》つきのベッドからわずかに身を起こし、薄闇に包まれた部屋を眺めた。

泣《な》き腫《は》らして瞼《まぶた》がしっかり開かない。全てがぼやけ、色を失って見えた。

ここがリュシアンのいない世界だから。

彼のことを思い出すと、また目の縁から涙がこぼれ落ちた。

二度と会わない。祖母にそう約束し、彼の求婚を断った。部屋に閉じこもり、二日も泣いて、涙なんて涸《か》れたと思っていたのに。体のどこにそんな水分が残っていたのだろう。

少し泣いただけで体がぐったりしてしまい、ノエルはまたベッドに身を横たえた。

すると、部屋の外から扉を叩《たた》く控えめな音が響き、

「ノエル、入りますよ」

誰かが遠慮がちに言って、部屋へと足を踏み入れた。

窓のカーテンが開かれていき、薄暗かった部屋が午後の日差しにさらされる。

久しぶりに太陽の光を浴びたノエルは、そのまばゆさに目を覆った。

「いつまでも暗い部屋にいたら、気が滅入《めい》るばかりですよ、ノエル」

部屋に入ってきた人物がベッドの側《そば》まで近寄り、声をかけてくる。

上体を起こしたノエルはゆっくり目を開いていき、来訪者の顔を見つめた。

「……お父様」

堅苦しい呼び方に寂しさを覚えたのか、ニコラの眉が切なそうにゆがむ。

「ここ二日、何も食べていないと聞きました。ノエル、お願いだから食べてください。こ

のままでは体を壊してしまいます」

　体調を気遣ってくる父親に対し、ノエルは俯《うつむ》き、暗い目をしてこぼした。

「お父様、私は別に意地を張って食事を拒んでいるわけではありません。口に入れても全部戻してしまう。食べようとしても体が拒絶してしまうのです」

　食事を取ろうとすると、どうしてもリュシアンの顔が思い浮かぶ。ノエルの作った料理を満足そうに食べる彼の顔が。もう二度とリュシアンに手料理を振る舞うことがないのだと思うと、胸がつぶれそうになる。喉が詰まり、何も受けつけようとしないのだ。

「許してください、ノエル。娘の好きなようにさせてやれない、ふがいない父親を」

　感傷に浸《ひた》っていると、ニコラが悔やむように瞼を伏せて謝った。

「母上が何か言ってきたのでしょう？　私はそれに気づいても、何もしてあげられない。私にはこれ以上母を苦しめることはできないから」

　親子二人だけの部屋に、束《つか》の間《ま》、空虚な沈黙が落ちる。

「十二年前、バルザック公爵の謀略により母は都を追われました。ここに戻るまでの間、生き延びるために幾度も辛酸をなめてきたと聞いています。バルト子爵と出会うまでは、頼っていた知人に娼婦《しょうふ》まがいの行為を求められ、屈辱を味わいながら生きてきたということも。母があれほどまでに権力を求めるのは私のせいでもあるのです。バルザック公爵が不実の罪を被《かぶ》せてきた時、私が母を守ってあげられなかったから」

ニコラは自らを責め、更に続ける。

「母のせいばかりではない。私の国王としての力が弱いから、あなたたちの結婚を容易には認めることができないのです。王太后派の勢力とヨハン王子を支持する派閥、両派を抑える力が私にはない。私も初めはヨハンを薦《すす》めていましたが」

ニコラの口元に一瞬、自嘲《じちょう》めいた笑みが浮かぶ。しかし、すぐに表情を引き締め、

「父親としてはあなたとフォール公爵の結婚を認めてあげたい。でも、私はルドワールの国王でもある。二つの勢力を無視して、決断を下すことはできません」

ニコラはノエルの目を見て、はっきりと告げたのだった。ノエルの味方をすることはできないと。つまり、父が選んだのは中立の立場。

「……わかっています。お父様は何も悪くありません。食事はちゃんと取るように努力します。だから、しばらく一人にしていただけますか？」

ノエルは父の判断に理解を示しながらも、やんわりと拒絶してしまう。

「……ノエル」

存在を拒むように俯いていると、ニコラは「わかりました」と答え、肩を落としながら退室していった。

罪悪感に似た感情がノエルの胸を蝕《むしば》む。父を傷つけてしまったかもしれない。彼の判断は国王として間違ってはいないのに。

誰かに肩入れすれば一方が不満を覚え、国政に不和を生じさせてしまう。リュシアンとの結婚を反対しないだけ、為政者として生ぬるいとさえ言えた。母親のことも養子の王子や臣下たちのことも、ノエルの気持ちも考えてくれている。その末に選んだのが中立。間違ってはいないけれど、どうしても頼りなく思えてしまう。父は優しすぎるのだ。

ノエルは胸に失望感を抱きながら再びベッドに横たわる。

結局何も変わらない。リュシアンと一緒になれないという運命は。

「……旦那様」

想《おも》い人《びと》への恋しさが募り、収まりかけていた涙がこぼれそうになったその時、部屋の外からまたもやノックの音が響いた。

「入るわよ、ノエル」

何の遠慮もない明るい声。顔を見る前から嫌気が差して、ノエルは眉根を寄せた。

扉の外から現れたのは予想通り、いつも以上に化粧が濃くて若々しく、派手なローブをまとった王太后の姿。そして――。

「クリスさんも⁉」

まさかこのタイミングで彼までやってくるとは思わず、ノエルは驚きの声を上げた。

「あなたの元気がないと聞いて、彼を連れてきたのです。話し相手がいれば気分も晴れると思ってね。彼はとても明るくて気さくな青年だから、何でも相談なさい」

王太后が一切悪びれることなく笑顔で告げてくる。

ノエルは言葉を失った。リュシアンと別れたばかりで、ふさぎ込んでいることを知っていながら、何て神経の図太い女性なのだろう。ここぞとばかりに自分が推《お》す青年を伴ってくるなんて。

「ノエル、意地を張らずに自分の運命を受け入れなさい。王族はね、本当に好きな人間とは添い遂げられない運命なのよ。あなたのお父様も、私《わたくし》だってそう」

束の間、切なそうに眉尻《まゆじり》を下げた王太后だったが、すぐ笑顔に戻って言い含める。

「始めは抵抗があるかもしれないけれど、彼ならきっとあなたのいいパートナーになってくれるはずよ。だから、仲よくなさい。いいわね？」

瞠目するノエルに念を押すと、王太后はローブの裾《すそ》を優雅に翻《ひるがえ》し退室していった。

部屋にはシュミーズ姿のノエルと、若干くだけた格好のクリスだけが取り残される。

「本当に強引な女性ですよねぇ。当人の気持ちなんてお構いなしだ。仕方がありませんから姫、少し話をしませんか？」

身構えていたところで、クリスが微笑を浮かべ話しかけてきた。

「ああ、野に咲く可憐《かれん》な薔薇のようだったのに、すっかり萎《しな》びちゃって。子ウサギのようにクリクリしていた目は腫れ上がって、見る影もないよ。かわいそうに。リュシアンを思って相当泣いたんだね。でも大丈夫。僕が助けてあげるから」

態度の変化と最後の言葉に、垂れ下がり気味だったノエルの瞼は一気に開く。

「言っただろう？　僕は王配になるつもりはない。外で気ままに商売したり女の子を口説《くど》いている方が性に合っているからね。友人の恋人に手を出すのは僕のポリシーにも反するし。だからさ、僕と手を組まない？　君はリュシアンと一緒になりたいんだろう？」

思わずノエルは身を乗り出すようにしてクリスを見上げた。

「何か方法があるんですか⁉」

クリスはニヤリと笑い、話を続ける。

「本当にリュシアンが好きなんだね。いいよ、僕の考えを聞かせよう。といっても、具体的な策はないんだけど。簡単な話、ヨハン王子と王太后様をあきらめさせればいいのさ」

「……二人をあきらめさせる？」

「そう。弱みを握るなり何なりしてね。王太后様の方は僕が引き受けるよ。女性の扱い方には自信があるし、彼女も僕には全く警戒していないだろうからね。だから、君にはヨハン王子を受け持ってほしい。どうにかして彼をあきらめさせるんだ」

ノエルはこめかみを押さえて黙考した。ヨハン王子に結婚をあきらめさせる方法。そんな手段があるのだろうか。でも、それさえクリアできれば、リュシアンと一緒になることができるかもしれない。最大の難敵である祖母は、クリスがどうにかしてくれるというのだから。祖母の強力な駒《こま》である彼を味方にできれば、前途は有望だ。

「どう？　無理そう？　僕が候補から外れたところでヨハン王子がいれば、リュシアンとは結婚できないよ？　僕は王子とは接触できないし、無理だというならリュシアンのことはあきらめるしか……」

「いいえ、やります！　彼の側にいるためなら何だって。僕の辞書に『あきらめる』という文字はありません！」

ノエルは挫《くじ》けかけていたことも忘れ、意気揚々と宣言した。

あきらめなければ道は開ける。リュシアンもそう言っていた。

彼との未来を切り開くため、どんな試練も不屈の精神で乗りきってみせよう。

「ふふっ、一気に生気が戻ったね。じゃあ、ヨハン王子のことは君に任せたよ。僕は王太后様に何か弱みがないか探ってみる。明日またここに来るから経過を報告し合おう」

笑顔で言って背中を向けたクリスに、すかさずノエルは声をかける。

「クリスさん！　ありがとうございます。協力してくれて」

「いやいや、これは僕自身のためでもあるから。じゃあ、またね」

ウインクしながら別れを告げると、クリスは軽快な足取りで部屋から出ていった。

ノエルはすぐに自分のやるべきことを考える。早く問題を片づけて、リュシアンに会いたい。まず先にしなくてはならないのは——。

「誰か！　誰かいますか？」

ノエルは部屋の外に控えていると思われる侍女に、声を張って呼びかけた。

直ちに侍女が扉を開けて中に入ってくる。

「はい、姫様。何でしょうか？」

戸惑《とまど》った顔で問いかけてくる侍女に、ノエルは毅然《きぜん》として答えた。

「ヨハン殿下に面会を申し込んできてくれませんか？　彼に会いたいのです」

まずすべきこと。敵情視察。説得して聞き入れてくれれば一番なのだが、難しい話だろう。何か弱みでもいい、ヨハンをあきらめさせる足がかりとなる情報を摑《つか》みたい。

もう一つ必要なのは――。

「それと、何か食べ物を持ってきてくれますか？　急におなかがすいてきちゃいました」

腹の虫が「きゅるる」と鳴く。ノエルが頰《ほお》を赤く染めて要求すると、侍女は「はいっ、ただいま！」とうれしそうに返事をして、部屋から出ていった。ノエルがいつまでも食事を取ろうとしないから、相当心配してくれていたのだろう。

この二日、食欲なんて一切湧《わ》いてこなかったのに、不思議だ。希望が見えてきたとたん、体が燃料を求めて訴えてくる。腹が減っては戦はできぬと。

そういえば、リュシアンはちゃんと食べているだろうか。できたらまたこっそり厨房《ちゅうぼう》を借りて軽食をこしらえよう。祖母に目をつけられているレナルドには頼めないが、クリスならば気づかれずにリュシアンの元へ届けてくれるかもしれない。

「待っていてください、旦那様」

彼に食事を。そして、また共に過ごせる幸せな日常を。

ノエルは希望を胸に抱き、大好きな人が暮らす南東の方角を見すえたのだった。


二日ぶりの食事で腹を満たした後、ノエルは水色のシンプルなローブに着替え、ヨハンの元へと赴いた。

彼の居室は国王の城館東の棟、前庭を挟んでノエルの部屋の向かい側にある。とは言っても、国王の前庭はかなり広く、神々の彫像を配した巨大な噴水が鎮座していて、互いの部屋の様子をのぞき見ることはできない。

城館を縦横に貫く長い回廊を二度曲がり、かなりの距離を歩いて、ノエルはようやくヨハンの居室まで辿《たど》りついた。

一度大きく深呼吸をし、金細工で彩られた部屋の扉を叩く。

すると、事前に報《しら》せを受けていたヨハンは自ら扉を開け、笑顔で出迎えてくれた。

「ノエル王女、よく来てくれたな」

ヨハンに促され、ノエルは自室の造りとよく似た豪奢《ごうしゃ》な部屋に足を踏み入れる。

「突然すみません、話したいことがありまして」

「話したいこと?」

わずかに首を傾《かし》げたヨハンにノエルは頷《うなず》き、さっそく本題を切り出した。

「ヨハン殿下、私との縁談を断っていただけませんか？」

率直な要求に、ヨハンは飴色《あめいろ》の目を丸くする。

「なぜだ？」

「私があなたにはふさわしくないからです。私は田舎の村や下町で育ち、男として暮らしてきました。女らしくないうえに、帝王学も王族としての教養もさっぱり身についていません。私には王子と共に国を治める力もなければ資質だってない。もっと妃《きさき》にふさわしい女性を伴侶《はんりょ》とし、あなたが王位を継ぐべきです。だから、縁談を断ってください」

ノエルはここに来るまでに考えていた言葉を努めて冷静に伝えた。『リュシアンが好きだから』では、王族として許されないことはわかっている。だから、資質がないのだと示すことで、向こうから断ってくれないものかと期待したのだ。が、しかし――。

「ノエル王女、私も今では王子の身分だが、昔は従兄弟《いとこ》を始めとする親戚《しんせき》たちに後ろ指を指されながら生活していた。私の母も、王兄に当たる父を産んだ祖母も身分が低かったからな。取るに足らない存在として蔑《さげす》まれて育ったのだ。バルザック一族に見いだされ、国王の養子となってからは周囲の反応も一変したが」

ヨハンは思いを馳《は》せるように瞼を閉じ、自らの過去を語った。

「私は親戚たちを見返してやりたくて勉学に励んだ。生まれや育ちなど関係ない。能力と気概さえあれば何ものにもなりうると証明してやりたかったのだ。あの頃抱いた悔しさは私の理念に変わり、将来の政策の指針となっている。どんなに身分の低い人間でも力があれば夢を叶《かな》えられる、差別や偏見のない国を築けたらいいと」

初めて聞いた彼の生《お》い立ちと確固たる信念に、ノエルは大きく胸を揺さぶられる。

「あなたは女性でありながら、性別の垣根を乗り越えここまで来た。その能力と意思の強さを、私は高く評価している。あなたとならば性別や身分の差を取り払った理想の国を築いていける、そう思っているのだ。ノエル王女、あなたは私の伴侶にふさわしい」

ヨハンはノエルをまっすぐ見すえ、炯々《けいけい》とした目で言いきった。

「か、買い被りすぎです。私には人の上に立つ能力も殿下のように崇高な信念もありません。それは、あなたの言うような国ができれば、とても素敵なことだと思いますけど」

ノエルは慌てて謙遜《けんそん》し、ヨハンの言葉に思いを巡らせる。

父が国を治めるようになり、女性への差別を緩和する政策が執《と》られ始めているという話だが、ルドワールには依然として根強い身分の格差が存在する。女性は国の主要な職業に就《つ》くことはできず、身分の低い人間は貧しい生活から抜け出すことができない。その有り様を変えんとするヨハンの理念は素晴らしく、ぜひ完遂してほしいと願うのだが。

「ならば共に励もう、ノエル王女。大事なのは資質ではない。何かを成し遂げようという強い意思だ。力は自《おの》ずとついてくる」

ヨハンに笑顔で言い含められ、ノエルは「うっ」と言葉を詰まらせた。正論すぎて一言も反論できない。

「で、では、ヨハン殿下はどうあっても私との縁談を断るつもりはないと？」

「そういうことだ」

きっぱりと答えるヨハンに対し、ノエルは頭痛をこらえるように額を押さえた。

どのように考えを伝えたところで、とてもヨハンを説得できそうにない。彼は簡単に信念を曲げるタイプの人間ではないようだから。

「わかりました。では、互いを知るためにもっと個人的な話を伺《うかが》いたいのですが」

ノエルは切り口を変えることにした。説得できないのであれば仕方がない。どうにかして彼の弱みとなる情報を引き出すのだ。

「いいぞ。何でも訊《き》いてくれ」

「殿下の弱点は何ですか？」

「……私の弱点？」

訝《いぶか》しげに眉をひそめられ、ノエルはあわわと狼狽《ろうばい》の声をもらす。さすがに率直すぎた。

「弱点というか苦手なものというかっ。嫌いな勉強の科目や食べ物とかでもいいんです」

のっけから怪しまれてはまずいと思い、慌てて質問を言い換える。

「答えてもいいが、なぜ嫌いなものから訊く？　相手のことが知りたいなら、普通は好きなものから訊くだろう？」

「え、えーと、あの、勉強のことで教えてほしいことがあって、苦手な科目だったら悪いですし。食べ物に関してはですね、私、料理をするから、その……」

「もしかして、私に手料理を振る舞おうと思ってくれていたのか？」

「や、ちが……」

すぐに否定しようとしたノエルだったが、ヨハンにキラキラした視線を向けられ、息を呑んで答えた。

「……はい、そうです……」

この流れでは他に説明がつかないし、おやつをねだる子供のような目で訴えられては否定するのも忍びない。

「そうか！　女らしくないと言っていたが、家庭的な部分もあるではないか。感心したぞ。ぜひ頼む。嫌いな食べ物は特にないから。国王となるべき者、好き嫌いをしてはいけないと思うのだ。我々は下々の者が汗水流して働いた血税のおかげで食べていけるのだからな。それゆえ勉学にもまんべんなく励み、為政者としての責任を果たしていかなければならない。さっそく勉強に打ち込むとは、殊勝な心がけだ。ぜひ今度勉強会をしよう。私には苦手な科目もないから、わからないことがあったら何でも訊いてくれ！」

「え、いえ……」

すぐに辞退しようとしたノエルだったが、ヨハンに燃えるような眼差《まなざ》しで見すえられ、唇をひきつらせて答えた。

「……はい、お願いします……」

断れない。民のためだと熱弁を振るわれ、こうも親切心を見せつけられては。

結婚をあきらめてもらうつもりでここへ来たのに、なぜだろう。ノエルは余計に気に入られ、手料理の提供と勉強会の約束まで取りつけられてしまうのだった。


国王の城館、西の棟の一室から苛立ちを募らせた男の声が響く。

「君さ、この数日、いったい何をしていたの？」

午後、決められた時間に部屋を訪れたクリスは、知っていることをあえて訊いてきた。

「王子に手料理を振る舞い、勉強会を催しておりました。誠に面目次第もございません」

ノエルは反省の意味を込めて答え、目の前の机に手を揃《そろ》えて謝罪する。

「これでもちゃんと弱みを握ろうと調査はしていたんですよ？　でも、ヨハン殿下に弱点なんかないんです。王子として完璧《かんぺき》です！　そんな彼の粗探しをしているのが僕、どんどん申し訳ない気持ちになってきちゃって」

ヨハンの弱みを握ろうと活動し始めて三日。ノエルの罪悪感は日に日に大きくなっていった。いくら調べてもヨハンはボロを出さず、理想の王子様であることを見せつけてきたからだ。そのたびに自分がいかに王族として未熟なのかを思い知らされた。結局何の成果も得られず、自分のしていることがただ恥ずかしい。

「流されやすいあなたに王子のことを任せたのが間違いだったよ。まさか、こんなに役に立たないなんて。日々交流を深めて、敵と仲よくなるばかりでさ。君、今じゃ王子に相当気に入られているらしいじゃない。本末転倒も甚《はなは》だしいよっ」

クリスは忌々しそうに顔をゆがめ、怒濤《どとう》のごとくノエルを非難した。

仮にも王女であるノエルにこの言いよう。さすがのノエルも少しカチンとくる。

「そういうクリスさんはどうなんです？　僕のことばかり責めてますけど、おばあ様の弱みは何か握れたんですか？」

皮肉っぽく尋ねると、クリスは申し訳なさそうに肩をすくめて答えた。

「ごめん。でも、あと少しのところまでは来ているんだ。高官に賄賂《わいろ》を渡して自派の勢力に引き込もうとしているって情報は摑んだんだけど、その証拠を押さえられなくてね」

窓際に置かれた机の前で向かい合わせに座っていた二人は、揃って溜息《ためいき》をついた。

日々、こうしてノエルの部屋で定例報告会を開いているが、いずれの口からも目立った成果が出てこない。どちらの相手も難敵だ。特にヨハンにはつけいる隙《すき》がない。

「祖母と愛人関係にあるというお父様から情報を仕入れることはできないんですか？」

王太后の方なら隙がありそうな気がして、クリスの父親・バルト子爵のことを訊いてみる。バルト子爵経由で何か弱みにまつわる情報を摑めないだろうか。

「確かに、王太后様と懇意にしている父ならば、おいしい情報を持っているかもね。でも、彼らは一蓮托生《いちれんたくしょう》だ。恋人の不利になることを話してくれるとはとても思えない。それに、僕たち親子はあまり仲がよくなくてね。父に頼み込むのはちょっと」

クリスは暗い目をして答え、悔いるように瞼を閉じて述懐する。

「昔から父の頭にあるのはお金のことばかりで、一切家庭を顧《かえり》みない人だった。僕のことなんて、お金や権力を得るための道具としか思っていないよ。自らの野望のためなら、息子はどうなったって構わないと思っているような人だから」

父親をなじるクリスの表情が少し前のリュシアンと重なり、ノエルは胸を詰まらせた。

常に明るく前向きなクリスが、家庭にそんな重い事情を抱えていたなんて。

クリスの爵位は自らのお金で買ったという話を聞いたが、きっと父親に頼ることなく実業家としてのし上がってきたのだろう。クリスも苦労の人なのだ。何も知らずに彼を頼り、父親から情報を引き出させようとした自分が情けない。

ノエルは自己嫌悪に駆られ、面を伏せてこぼした。

「……あきらめた方がいいのかな」

ここ数日で関わった人々の顔が脳裏をよぎる。

「最近思うんです。僕、勝手だなって。好きな人と一緒になるために、他人の弱点を暴こうとしている。僕は王族なのに、自分のことしか考えていない。ヨハン殿下を見ていると思い知らされます。国のためには彼と結婚するのが一番いいんじゃないかって」

ヨハンは次期国王にふさわしい人間だ。彼はノエルを伴侶にと望んでいる。王女である自分とヨハンの結婚が国にとって一番いい方策だというのなら。

「国のためって言うけどさ、国はあなたに何をしてくれた？　これまで散々苦労させられてきたんだろう？　そんなもののために己を犠牲にするなんてバカみたいな話だよ！」

思い悩んでいると、クリスが脳内の葛藤《かっとう》を払いのけるような勢いで意見した。

「いいじゃないか、自分のために生きたって。大抵の人間はそうしている。あなたは先日まで普通の民だったんだ。突然押しつけられた王族の責任なんかに人生を狂わされる必要はない。あなただって己の欲望のままに幸せになってもいいんだ！」

直情的なクリスの言葉が、ノエルの心を震わせる。

それはノエルが密《ひそ》かに望んでいた言葉だったのかもしれない。王族の責務になんて縛られることはない。好きな人との幸福を望んでもいいのだと。

クリスにも己に課せられた重荷を退けて叶えたい願いがあるのだろうか。それとも単にノエルを励ましてくれただけなのか。

「……クリスさん」

ノエルは瞠目して彼の双眸を見つめた。

クリスは興奮を収め、沈痛な面もちで話を続ける。

「リュシアンだって苦しんでいるよ。彼は君がいなければ生きていけないだろう。昨日邸《やしき》を訪ねた時、使用人に話を聞いたけど、ほとんど食事を取っていないみたいだから」

ハッとしたノエルは、思わず身を乗り出して尋ねた。

「僕が作った軽食は？　昨日の分もだめでしたか？」

クリスは「ごめん」と謝り、事情を説明する。

「昨日も案の定、王太后様の命を受けた兵が目を光らせていてね。出入りするものは全部チェックされて、怪しいものだと没収されてしまうから、口先で言いくるめようとしたんだけど。僕が王女からもらったもので、外で食べたいと主張してもだめだったよ」

「……そうですか」

ノエルは肩を落としてこぼした。リュシアンのために作った軽食をクリスに持たせたものの、またもや失敗に終わったようだ。彼はどれだけ食事を取っていないのだろう。

「でも、大丈夫。部屋に閉じこもっていて直接は会えなかったけど、ちゃんと生きてはいるみたいだから。使用人たちが無理やり何かを食べさせてはいるらしくてね」

クリスは励まそうとしてくれたのだろうが、ノエルは更に不安な気持ちになる。今は大丈夫でも、この先彼の体が持つだろうか。

うぬぼれでも何でもなく、リュシアンには自分が必要だ。そして、ノエルにも。

「僕、やっぱりリュシアン様のこと、あきらめられないです。絶対に失いたくない。僕は彼のことが何よりも大事だから」

ノエルは胸に押しとどめていた思いを発露させた。

どんなに我慢しようとしても、やはりだめだ。好きな人を不幸にしたくない。彼と幸せになりたい。この願望だけは誰に何を言われても抑えきれない。

「それでいいと思うよ。僕も応援する」

クリスは微笑を浮かべ、ノエルの背中を押すように明るく励ましてくれた。

軽薄で強引な部分もあるけれど、本当は情に厚く優しい人なのかもしれない。彼のおかげで挫けかけていた心が何度も甦った。リュシアンと一緒になるため力も貸してくれている。ノエルはクリスを完全に見直し、彼が味方であることを心強く思った。

「でも、早くどうにかしないとね。このままじゃ、リュシアンは餓死してしまうよ」

感じ入っていたノエルだったが、厳しい現実を突きつけられ、「うっ」と声をもらす。揺らいでいた心が定まったのはいいけれど、状況は何も変わっていない。王太后とヨハンをあきらめさせるために早く手を打たなければ。

「何か策はないんでしょうか?」

いい案が思い浮かばず尋ねると、クリスは考え込むように腕を組んで答えた。

「こうなれば、強攻策に打って出るしかないね」

「……強攻策？」

「ヨハン王子はなかなか弱みを見せないんだろう？　ならば、見せるように仕向けるしかない。少し強引な手を使ってね。ちょっと耳を貸して」

クリスに手招きをされ、ノエルは戸惑いながらも彼の方へと身を乗り出す。他に誰もいないのだから、普通に話せばいいと思うのだが。

訝しむノエルの耳に手を添えて、クリスは思いも寄らない言葉をささやいた。

「えっ⁉　で、でも……」

ノエルは驚き、そんなことをやっていいものなのかと口ごもる。

「大丈夫。自然な流れはできている。彼が男なら、きっと何らかの行動に出るはずだ。迂《う》闊《かつ》な動きを見せたところでしっぽを捕まえる。流れた噂についても心配しないで。僕が後でうまく否定するから」

問題はないと説明されても、すぐには首を縦に振ることができない。

「どうしたの？　簡単なことだろう。早めに実行した方がいい。リュシアンのためにも」

「……旦那様のため」

その言葉がノエルの胸から迷いを取り除く。

彼のためならどんな試練も乗り越えてみせると決意した。大丈夫。クリスの言う通り、ノエルがするのは簡単なこと。作戦を成功させ、早くリュシアンに活力を届けるのだ。

「わかりました。やってみます」

ノエルは胸に手を当てて宣言し、クリスと一度大きく頷き合ったのだった。


その日の晩――。

「お父様、少しよろしいでしょうか？」

ノエルはクリスとの取り決め通り、国王の城館北の棟にある父親の居室を訪ねた。

「ノエル？　もちろんです！　入りなさい」

娘の声だと気づいたニコラは、すぐに自ら扉を開け、笑顔でノエルを迎え入れる。

「あっ、おばあ様もいらしていたのですか」

窓際のイスに座っていた王太后を、ノエルは驚いたふりをして見やった。実は、祖母が父の部屋にいることはすでに調査済みだ。

「私は時間を改めた方がよかったのではないでしょうか？」

ノエルの申し出を、王太后はにこやかな表情で退ける。

「いいえ。私に遠慮することはありません。ちょうどあなたのことを話していたのよ。最近元気になってきてよかったって。何かいいことでもありましたか？」

さっそくこの話の流れになったかと、内心ではドキドキしつつ、ノエルは用意していた答えを口にした。

「クリス様が部屋によくいらっしゃるようになって。彼に元気をもらっているのです。とても朗《ほが》らかで気さくな方だから」

その瞬間、王太后の表情が更に明るくなる。

「ふふ。だから、言ったでしょう？　あなたには彼が合うって。どうです、ルミエール男爵との婚姻を真剣に考えてみる気になりましたか？」

「い、いえ、それはまだ。でも、クリス様のことは素敵な男性だと思っています」

だめ押しとばかりにクリスを褒めると、ニコラは意外そうに目を瞬《しばた》いた。

王太后はうれしさ半分、物足りなさ半分といった顔でノエルを見つめてくる。

「そう。でも、今はその気持ちだけで十分だわ。あまり急《せ》かしてもね。それで、ノエル、陛下に何か用事でもありましたか？」

「あ、いえ、特に大きな用件はないのです。ここのところ心配をかけ通しでしたから、私はもう大丈夫なのだとお伝えしたくて」

「あら、それはよかった。ねえ、陛下」

「え、ええ、もちろんです！　ノエルが元気になったのであればもう」

ずっとノエルを怪訝《けげん》そうに眺めていたニコラだったが、王太后に問いかけられるや、笑顔に戻って賛同した。

「では、私はこれで失礼いたします」

目的を達成したノエルは即座に踵《きびす》を返《かえ》す。あまり長居をしてボロを出すわけにもいかない。クリスの指令はしっかり果たしたのだ。

『陛下と王太后様の前で、僕のことを褒めるんだ。気になる存在であると含みを持たせてくれたら更にいい。王太后様はここぞとばかりにこの話を広めるだろう』

耳打ちされた作戦が脳裏に甦る。これで何かが変わるのだろうか。動かない獲物をおびき寄せるための奇策なのだと、クリスは話していたが。

あまり期待することなく自室に戻り、眠りについたノエルだったが、次の日さっそく現れた状況の変化に、泡を食うことになるのだった。


「ねえ、聞いた？　姫様とクリス様の話。なんでも、二人は愛し合っていて、近々陛下に結婚のお許しをいただきにあがるそうよ」

「私は昨晩すでに姫様がお許しを得に陛下の元を訪ねられたと聞いたわ」

「まさか！　フォール公爵の求婚を断って、それほど時間がたっていないのに」

「でも、ここのところ毎日、クリス様が姫様の部屋を訪れているでしょう。その頃から姫様が元気になられたのは確かよ。あの方の美貌《びぼう》と人柄にほだされたんじゃないかしら」

「まあ、それもありえる話だわね」

王宮のそこここで侍女たちが噂話を交わしている。

美しい男爵と王女のロマンスは、尾ひれをつけて拡散された。

二日後には、王女が男爵を配偶者に選んだという話で王宮は持ちきりになる。

噂話に疎《うと》いノエルの耳にもさすがにその情報が届き、彼女の部屋では当事者による緊急会議が開かれることになった。

「どうなっているのでしょう？　父と祖母の前であなたのことを褒めただけなのに」

会議の定位置となった窓際の席についていたノエルは、困惑をあらわにこぼす。

「ごめん。まさか僕もここまで話が大きくなるとは思わなかったんだ。これも全て王太后様の策略だろう。彼女の手にかかればどんなに小さな話も、国を揺るがす情報に変わってしまうんだ。今回の件でヨハン王子を支持していた役人も、何人か王太后様になびいたそうだ。彼女を甘く見すぎていたよ」

常に飄々《ひょうひょう》としているクリスもさすがに責任を感じたのか、反省の言葉を口にした。

「でも、話が大きくなった分、釣り針の餌《えさ》もでかくなった。これで、ヨハン王子か彼を推す高官はあせって何かを仕掛けてくるはずだ。王子派の急先鋒《きゅうせんぽう》であるメスメル公爵は結構腹黒いという噂があるしね。必ず誰かが動いてくるよ。そこでしっぽを捕まえよう」

励ますように言い聞かせてくるクリスを、ノエルは不安な面もちで見つめる。本当に彼の言う通りに事が運ぶのだろうか。ここまで事態が大きくなって、収拾がつくかどうかも心配がある。ノエルはクリスを伴侶にしようだなんて、少しも考えていないのに。

「大丈夫だよ。広まっている話はただの噂にすぎない。相手の出方を待って、皆の誤解を解いていこう。当人同士が公《おおやけ》の場で否定すれば、噂話なんて簡単に収まるよ」

ノエルの憂《うれ》いを読み取ったのか、クリスは自信たっぷりに力説してくれた。

幾分不安を和《やわ》らげたノエルだったが、全てを払拭《ふっしょく》できずに質問する。

「本当に誰かが噂に釣られて動くのでしょうか？」

「ああ。きっとね」

クリスは確信した様子で答えた。

彼のこの自信はいったいどこから来るのだろう。クリスはリスクの高い事業にも手を出し、いくつもの修羅場をくぐり抜けてのし上がったのだと聞く。実業家としての勘か。経験から得た洞察力なのか。

想像しながら彼を観察していたその時、部屋の外から扉を叩く控えめな音が響いた。

「ほら、さっそく来たよ。でかい魚かな」

侍女かもしれないのに、クリスは楽しそうに言って外からの反応を待つ。

「失礼するぞ、ノエル王女」

声が上がるや、若干暗い顔をしたヨハンが扉を開け、部屋へと一歩足を踏み入れた。

そして、すぐクリスがいることに気づき、驚きに目を瞠《みは》る。

「ルミエール男爵、君も来ていたのか」

ヨハンの顔が一瞬傷ついたように見えたのは、ノエルの気のせいだろうか。

ヨハンの反応を窺《うかが》っていると、クリスがノエルの側へと急接近してきて口を開いた。

「ええ。王女殿下の求めに応じ馳せ参じました。彼女があまりに甘えてくるものですから、断るわけにもいかず。姫、いけませんよ。どんなに私が恋しくとも、少しは慎《つつし》んでいただかなくては。また侍女たちの噂の種となってしまいます」

「えっ⁉　僕は……っ」

わけがわからない言葉と共に迫られ、ノエルは口をぱくぱくさせる。

「照れていらっしゃるのですか？　あなたは本当におかわいらしい。私も歯止めがきかなくなってしまいそうだ。いっそのこと、皆の前で私たちの仲のよさを見せつけて――」

「ルミエール男爵‼」

クリスがノエルの頰に唇を寄せてきたところで、遮るように大きな声が響いた。

ヨハンが見たこともないほど鋭い顔つきでクリスを睨みつけている。怒りと敵意、負の感情を目に燃やして。

「これは失礼いたしました、殿下。ついあなたがいらしていたことを忘れてしまい。彼女に夢中になっていたものですから」

クリスはおもしろがるようにヨハンを見て微笑《ほほえ》み、謝罪した。

「もういい。私はこれで失礼するっ。客人がいない時に機会を改めて来よう」

ヨハンは苛立ちをみなぎらせて言い放ち、退室するや勢いよく扉を閉めてしまう。

ノエルは呆然として彼が出ていくのを見送った。

クリスは笑いをこらえきれず、「ハハハハッ」と声に出してしまう。

「みごとにかかったね」

「クリスさん、どうしてあんなこと……」

我に返ったノエルは、彼にふざけた言動の真意を尋ねた。

「大物が現れたから、もっと餌をまいてみたんだ。見ただろう？　あの顔。餌を取られて悔しがる獣そのものだったよ。あれがヨハン王子の本性さ。彼は近いうちに絶対何か仕掛けてくるよ。僕にはわかる。男の本能ってやつでね」

クリスは確信しきった目をして答え、「まさか」とこぼすノエルに断言する。

「少し待ってみるといいよ。後は何もしなくても向こうが勝手にしっぽを差し出すから」

にわかには信じられなかった。そんな思惑通りに話が進むものかと。

案の定、その日は何も起こらず、ノエルは落胆しつつ心のどこかで少しだけ安堵《あんど》する。

誰かが危険な目にあうような大事件が起こらなくてよかったと。

だが、次の日の夜――。

「姫様、大変です！」

突然部屋の外から告げてきた侍女の声に、ノエルの心臓は跳ね上がる。

「クリストフ様が！　ルミエール男爵が仕事からの帰宅途中、暴漢に襲われたとのこと。腹部を刺されて重傷という話ですわ！」

ノエルは耳を疑った。

そして、その後やってきたもう一人の侍女の言葉に、肝をつぶすことになる。

捕らえた暴漢が自白したらしい。

クリスを襲うよう指示を出したのは、ヨハンの侍従なのだと――。


「ねえ、理由は何だと思う？」

「やっぱり、痴情のもつれじゃない？　姫様を取られそうになった恨みで」

「そんな簡単な話じゃないでしょ。ヨハン殿下は次期国王と言われていた王子よ？　姫様にルミエール男爵と結託して王位を継ぐ気になられたらまずいと思って先手を打ったって専《もっぱ》らの噂だわ。王太后派を抑えるための政略的な陰謀だって」

「暴漢が捕まらない自信でもあったのかしら。色々と迂闊よねぇ」

数日前の恋愛話から一変、侍女たちが王配候補襲撃事件について噂話をしている。

犯人の思惑や今後の展望など、各々《おのおの》が得た情報を元に推理合戦を繰り広げる者もいた。

ヨハンが事件の黒幕であるという噂で王宮は持ちきりとなり、その一点に関しては誰も疑わない。彼には確かな動機があり、実行犯の証言がヨハンを暗示していたからだ。

ヨハンには調査が終了するまで部屋で謹慎しているよう処分が下り、国王の後継者と目されていた人物の醜聞に、宮廷は大混乱に陥《おちい》っていた。

部屋でいつも通りの生活を送るよう言われていたノエルも、今回の騒ぎに動揺を押し隠せない。とてもいつも通りになんて過ごせるはずもなく、部屋で常に気を揉《も》みながら事態の収拾とクリスの回復を祈っていた。そんな時――。

「ノエル」

突如、耳に男性の声が響き、物思いにふけっていたノエルはハッと顔を上げる。

「先生！」

部屋の入り口に目を向けると、カミーユが表情を曇らせて立っていた。

「大変なことになっているな。お前の方は大丈夫か？」

珍しくカミーユが気遣わしげにノエルを見つめて訊いてくる。

通常通りなら今は絵画の授業の時間。それにかこつけ様子を見にきてくれたようだ。

「ええ。でも僕、いったいどうしたらいいのか……」

師匠の顔を見て安心したのも束の間、すぐに不安が頭をもたげてきた。

「お前が何かをする必要はないだろう。ルミエール男爵は重傷で面会謝絶の状態だと聞くが、幸い命に別状はないという話だ。後は王宮の役人が勝手に調査を進めてくれる。まあ、法務大臣は王太后派の人間だから、ヨハン王子に不利な形で展開していくと思うが」

「そうなんですか⁉」

「ああ。王子は関与を否定しているが、この状況を覆《くつがえ》すのは難しいだろうな。暴漢に指示を出した侍従もまた、ヨハン王子に命令されたと証言している。侍従はもう五年も王子に仕えている身元の確かな人間だ。王子の罪が確定すれば、王族の身分を剥奪《はくだつ》され、何年かの禁固刑になることは間違いないだろう」

「そ、そんなっ！　殿下は自分の欲望のために誰かを害させるような人間じゃ……」

ヨハンをかばおうとしたノエルに、カミーユは眉をひそめて問う。

「お前は王子のことをそれほどよく知っているのか？　王子が男爵を襲うよう指示を出していないと確実に言いきれるのか？　彼は他人を妬《ねた》むような人間ではないと」

「そ、それは……」

きっぱりそうだと答えることができず、ノエルは言葉を詰まらせた。

部屋で別れる前に見たヨハンの顔が脳裏をかすめる。負の感情をたぎらせてクリスを睨んでいた飴色の双眸が。あれは明らかな敵意だった。妬みと呼べる感情だったのかもしれない。彼があの顔を見せてまもなく、クリスは重傷を負った。クリスが予言していた通りに、大きな事件が起こったのだ。

「……わかりません。自分が何を信じればいいのか」

ノエルは面を伏せて吐露する。できることならヨハンを信じたい。でも、心のどこかで信じきれない自分がいる。

　どうすれば迷いを断つことができるのか。自分は今、何をすべきなのか。

「今日はお前にユベールからの伝言を持ってきた」

　思い悩んでいると、カミーユがノエルの前の席につき、唐突に告げてきた。

「えっ、ユベール叔父さん？」

　ノエルは驚きの声を上げ、叔父の顔を思い浮かべる。彼はノエルが王宮に戻ってからも下町で画家を続けているのだが、カミーユと交流を持っていたとは聞いていない。二人は同じ師匠の下《もと》で絵を学んでいたものの反《そ》りが合わず、犬猿の仲だと思っていたが。

「お前のことは逐一報告しろと頼まれていてな。ユベールの絵と引き替えに毎晩話を聞かせにいってやっていたのだ。奴の絵画は私経由で売れば、かなり高い値がつくからな」

「ちょっと、叔父さんの絵でなに勝手に商売してるんですか！　宮廷画家は王族以外と取り引きしてはいけないという決まりでしょう？」

「一般市民の絵であれば問題はない。奴の絵を下町に埋もれさせておくのは、画家の頂点に立つ人間として忍びないからな。あれの才能は私が一番よくわかっている」

「……先生」

　ノエルは意外な思いでカミーユを見た。何だかんだいって、二人は仲がいいのかもしれない。ユベールにしたってカミーユを頼り、毎晩話をしているというのだから。喧嘩《けんか》しつつ酒を酌《く》み交《か》わしている二人の姿を想像すると、少しだけ微笑ましい。

「先生も叔父さんのことを認めてくれてたんですね」

「まあ、私がこの世で一番優れた画家であることに変わりはないがな！　私の絵にしたってそうだ！　こんな小さな王宮だけにとどめておくのは間違っている！　世界だ！　きっと世界中の人間が私の絵を求めている！」

感動しかけたノエルだったが、自らの体を愛おしそうに抱きしめるカミーユを見て、一気に冷めた。

「なら、好きなように世界へ飛び出していけばいいんじゃないですかね。それより、ユベール叔父さんの伝言を教えてください」

冷ややかに言うとカミーユは一瞬ハッとした顔になり、すぐに面もちを改めて告げた。

「迷った時には絵を描け。そう言っていた」

「……絵を描く？」

「著《いちじる》しく観察眼のある画家は、時に人の内面まで描き出す。相手の心、そして己の心に忠実にな。余計な情報に惑わされず、無心になって相手と己に向き合え、そういう意味なのだと思う。お前にはその面において誰よりも秀《ひい》でた才能があると言っていたぞ」

ノエルは啓示を受けたように目を見開く。

「……相手と己に向き合う」

それは今、自分に一番必要なことであるような気がした。暗澹《あんたん》たる状況や周囲の人間の話に惑わされるばかりで、大切なことを見失っていたかもしれない。

「ありがとうございます。僕のやるべきことが見えてきました」

ノエルは瞼を伏せ、心の中でユベールにも感謝する。叔父はすごい。離れていてもノエルのことは何でもお見通しだ。迷った時はいつも自分に必要な言葉を与えてくれる。

「描くのか？」

「はい。まずは僕自身の心と向き合わなくてはなりません。ヨハン殿下に会ってみます」

微笑を浮かべて問う師匠に頷き、ノエルは真実と向き合う覚悟を決めたのだった。


国王の城館、東の棟の廊下にかすかな足音が響いている。

昼間は警備の兵が何名も配置されていたが、深更に至った今は無人。王女一人が早足で南の部屋へと向かっている。

「ヨハン殿下」

ノエルはノックをすることもなく目的の部屋の扉を開け、小声で呼びかけた。

寝台にぼんやりと腰をかけていたヨハンは、驚いた顔をして部屋の入り口を見やる。

「ノエル王女⁉」

「すみません、こんな夜遅くに。人が起きている時間だと、祖母の監視の目が厳しくて」

吃驚《きっきょう》の声を上げたヨハンにノエルは謝罪し、事情を説明した。ヨハンに会いたいと父に頼み込み、廊下にいた見張りを少しの間、遠ざけてもらったのだ。父も今の状況を憂い、話をするだけならと聞き入れてくれた。もちろん王太后には内緒で。

寝台に近づいていくと、ヨハンは立ち上がり、ノエルの両腕を摑んで訴えた。

「王女、話を聞いてくれ！　私は断じてルミエール男爵を襲わせてなどいない！」

初めて目にしたヨハンの剣幕に、ノエルは瞠目して息を吞む。

「確かに、男爵には思うところがあった。私が生まれて初めて抱いた感情。嫉妬《しっと》だ」

「……嫉妬？」

ノエルの問いにヨハンは頷き、悔やむように瞑目《めいもく》して口を開いた。

「ここに閉じ込められ、己の気持ちと向き合って気づいた。交流を深めていくうちに、私は少しずつあなたに惹《ひ》かれていたのだ。だから、二人の仲睦《むつ》まじそうな姿を見て、大いなる苛立ちを覚えた。男爵を妬ましく思い、それであのように感じの悪い態度を」

閉じられていたヨハンの目がゆっくり開いていき、強い光を宿してノエルを見すえる。

「でも、断言できる。私は恋敵が憎くて排除しようとするような浅ましい男ではない。信じてほしい、ノエル王女。あなたにだけは」

ノエルは不思議なほど落ちついた気持ちでヨハンを眺め、こう質問する。

「これまで私に向けてくれた言葉も国への思いも、偽りはないと誓えますか？」

「もちろんだ。天地神明に誓って。あなたに語った思いに何一つ偽りはない」

ヨハンはまっすぐな目をして即答した。

「わかりました。では殿下、一つお願いが。あなたの絵を描かせていただけませんか?」

「……私の絵?」

「はい。殿下のお顔が描きたいのです。あなたは座っていてくださるだけでいいから」

「それは、別に構わないが。なぜこのような時に絵を……?」

「私の気持ちの問題です。お願いします」

わけがわからなそうに眉をゆがめるヨハンに、ノエルはまじめな顔をして申し出る。

「わかった」

真剣さが伝わったのか、ヨハンも真顔で頷いた。

彼には窓際のイスに腰をかけてもらい、ノエルは持参した手提げ袋から画帳とコンテを取り出し、さっそく絵の制作に取りかかる。

そこからは無心だった。広げた画帳に、自分の目と心に映る少年の姿を描いていく。

相手と向き合い、己の心に忠実に。

まっすぐ彼を見すえ、衝動の赴くままにコンテを走らせる。

侍女たちの噂話も事件にまつわる記憶も全部頭から追い出して。

常時稼働している噴水の音も木々が奏でる葉ずれの音も耳には入らなかった。

ノエルを取り巻いているのは音も色彩もない真っ白な世界。存在するのはヨハンだけ。

黒いコンテで描かれた彼の姿が、世界を埋めていく。

白い画用紙に明確な形となって浮かび上がっていく。

どれだけ時間がたったのかもわからない。知らぬ間に絵が完成していることに気づいたノエルは覚醒《かくせい》したように目を見開き、手にしていた画帳に視線を落とす。

「……できました」

放心した声で告げると、ヨハンが立ち上がり、絵を見ようと近づいてきた。

「これは……」

ヨハンの口から感嘆の溜息がこぼれる。

画用紙に描かれていたのは、鏡で映したかのような彼の顔。柔らかさをはらんだ少年らしい輪郭。一つに束ねた長い髪は、黒一色の線でも輝きを放って見える。丸みを帯びた鼻は高すぎず低すぎず。口角は少し上がり気味で、内側からみなぎる自信が垣間見《かいまみ》える。

そして、何よりも印象的なのは、クルミ形のぱっちりとした目だ。瞳は爛々《らんらん》と光り輝き、一点の曇りもない。そこに宿っているのは、揺るぎない信念。

「我が顔ながら、素晴らしい出来だな。王女に絵の才能があることは知っていたが、この短時間でここまでのものを仕上げるとは」

ヨハンはまじまじと絵を鑑賞し、彼らしく直情的な感想を述べた。

「ヨハン殿下、私の心は決まりました」

ノエルは胸に手を当て、真正面からヨハンを見つめて告げる。

「僕はあなたを信じます」

絵を描くことで完全に気持ちの整理がついた。この絵は自分が感じ取ったヨハンの姿。そして、心の鏡。描いた目に迷いがないように、自分にもう一切迷いはない。ヨハン自身と己の感性を信じよう。

「そうか！　私はあなたに信じてもらえれば、もうそれだけで」

「何を言うのです、殿下。皆にあなたは無実なのだと信じてもらわなくては」

「それは、そうだが。私にはもう自らの潔白を証明する力はないぞ。今回の件で、かなりの臣下が私の元を離れてしまった。捕まった侍従が証言したことでな」

ノエルはヨハンが関与していないことを考慮し、今一度事件を振り返った。

「その侍従が嘘《うそ》をついているということですよね。ヨハン殿下を失脚させようと謀《はか》った誰かに命じられて。つまり、この事件の裏側には真の黒幕がいる」

「そういうことになるな。考えられるのは、バルト子爵と王太后様だが」

「王太后様⁉　……まさか。祖母はクリスさんをとても気に入っていて、これでもかというくらい僕の配偶者に薦めてきていたんですよ？」

目を瞬くノエルに、ヨハンは極めて冷静に意見を伝える。

「だからだ。ルミエール男爵に命までは奪わないほどの傷を負わせ、その罪を私に被せてきたと考えられないこともない。彼女は愛人の息子を未来の王配にしたくて仕方がない様子だったからな。男爵が生きてさえいれば問題ないだろう」

「……そんな。祖母がそこまで……」

「もちろん単なる憶測《おくそく》だ。私も王太后様がそこまでするような人間だとは思いたくない」

ノエルは祖母のことを思った。強欲な彼女の性格を考えると、ヨハンの推理が間違いであるとは言いきれない。ただ、自分の祖母だ。信じたい気持ちもある。

それに、たとえ王太后が黒幕だったところで、立証するのは容易ではない。彼女はなかなかに用心深く、抜け目がないから。

ノエルは別の切り口を探そうと、もう一人の容疑者について考えを巡らせる。

「バルト子爵は？　そういえば、彼には王宮で会ったことが一度もありませんが」

「愛人の存在は王族にとって外聞が悪いからな。王太后様が露出を控えさせているのだろう。私も彼についてはよく知らないが、君は息子のルミエール男爵と親しくしていただろう？　彼から子爵について何か話を聞いていないのか？」

「……そういえば」

ノエルの脳裏にクリスの暗い表情と言葉が甦る。

『僕のことなんて、お金や権力を得るための道具としか思っていないよ。自らの野望のためなら、息子はどうなったって構わないと思っているような人だから』

何事にも前向きで陽気なクリスがあそこまで言うような人物だ。となれば。

「バルト子爵ならばありえるかもしれません。彼の方から調べてみましょう」

「私も子爵は怪しいと思う。しかし、どのように調べるのだ？　私はとらわれの身だから動くことはできないぞ？」

「それは……」

方法について尋ねられ、ノエルは腕を組んで考え込んだ。唯一の協力者であるクリスは重傷を負って面会謝絶の状態。自分も王宮の外に出て調査をすることはできない。

こういう時、頼りになるのは誰か。自分が一番信じられるのは——。

「一つ当てがあります。どうにかして連絡を取ってみましょう」

ある男性の顔を思い浮かべたノエルは、意気込みをあらわに告げた。

「もう遅いですから僕はこの辺りで。また機会があれば経緯を伝えに来ます」

「ノエル王女！」

退室しようとしたノエルを、ヨハンが少し慌てた様子で呼び止める。

「私の思いに対するあなたの気持ちを聞かせてもらえないだろうか？」

頬をわずかに紅潮させるヨハンを、ノエルは戸惑いながら見つめた。

ほのかな好意を寄せてくれている彼にどう言葉を返すべきだろう。

うまくはぐらかすべきか。喜んでみせるべきか。それとも――。

「僕には他にお慕いしている男性がいます」

ノエルははっきり答えた。真剣な思いを伝えてくれた彼に、虚飾を交えて返すのは誠実じゃない。ヨハンはとても実直な人だから、素直な気持ちを告げるべきだと直感した。

「……そうか。それはルミエール男爵か？」

少し寂しそうな顔をしたヨハンだったが、すぐに面もちを改めて質問する。

「いいえ、違います」

「では、フォール公爵だな？」

正解を言い当てられるとは思わず、ノエルは目を丸くした。

「私もあの舞踏会の場にいた。あなたの反応を思い返せばわかる。ああ、そうか。今、全てが繋がったぞ。彼と一緒になりたくて私をあきらめさせようとしてきたのだな？」

「そっ、それは……」

図星を指され狼狽するノエルに、ヨハンは微笑を浮かべて指摘する。

「あなたは愚《おろ》かな人だ。あきらめさせたいのであれば、私のことなど放っておけばよかったのに。私の無実を証《あか》そうと、協力を申し出るとは」

ノエルは今更ながら思い出した。ヨハンは結婚を断念させるべく説得しようとしていた標的だったことに。確かに、ヨハンがこのまま失脚すれば目的は達成される。でも――。

「そのことについては何も考えていませんでした。ただ、善良な人間が不実の罪に貶《おとし》められるのは許せなくて。あなたは次の国王にふさわしい方ですし。たとえこの行為によって愛する人との結婚が遠のくことになっても、僕は真実の追求をやめません。自分が正しいと思う道を進みます。その先にはきっと更に幸福な未来が待っているはずですから」

ノエルは迷いのない目をして言いきった。人は誰しも己の願望を満たすために行動する。でも、見失ってはいけない。何が正しくて間違っているのかを。そこをしっかり見極めたうえで、自分が幸せになれる道を模索したい。

「あなたがそのように純真でまっすぐな人だから、私は惹かれたのかもしれないな」

ヨハンは過去を振り返るように瞼を閉じ、穏やかな表情でこぼした。

「……殿下」

「あなたの気持ちはよくわかった。もう行ってくれていい」

背中を向けてしまったヨハンに、一瞬ノエルはどう返すべきか迷う。

「必ず吉報をお持ちします。ここで待っていてください」

今はそれしか言えなかった。彼が前向きな気持ちになれるよう励ますことしか。そして、言葉にすることで己を鼓舞《こぶ》する。ヨハンを救い、大切な人が待つ道へ戻るのだと。

不安も戸惑いも全部胸の奥に押し込めて、ノエルは外へと足を踏み出したのだった。

第三章　真実の告白と未来への序曲

カーテンの隙間《すきま》から黄昏時《たそがれどき》の淡い光が射《さ》し込《こ》んでいる。

その斜光に瞼《まぶた》を刺され、リュシアンは目を覚ました。何時間か眠っていたようだ。

ここのところ眠ることができずにいたから珍しい。ノエルのことを思い出すとイザベルの言葉まで甦《よみがえ》り、胸が疼《うず》いて一睡もできないでいたのだった。さすがにそんな状態で体が持つはずもなく、眠るというより意識を失ってしまっていたのかもしれない。

動く気力もなくベッドに横たわっていると、部屋の外から扉を叩《たた》く音が聞こえてきた。

「リュシアン、入るぞ」

渋みのある男性の声が響き、ゆっくり扉が開かれる。

グレーのフラックとパンタロンを身につけた、五十がらみの男性が室内に入ってきた。

「……叔父上」

父の弟であるアラゴ侯爵エリック・ルーヴィエ。父オーギュストの忠実な右腕だった男で、リュシアンの後見人でもある。オーギュストが亡くなってからは、ペリエ公爵家の財産や領地を管理してもらっていた。それもオーギュストの喪が明け、リュシアンが父親の家名を相続するまでの話だが。

そろそろその時期かと、叔父が訪ねてきた理由を察し、リュシアンは上体を起こす。

「リュシアン、ちゃんと食事はしているのか？　フォール公爵領の者から連絡があったぞ。お前、仕事もろくに手をつけていないだろう？　いったい何があった？」

すっかり痩《や》せ細《ほそ》った甥《おい》の姿をまじまじと観察し、エリックは眉《まゆ》をひそめて問いかけた。

「もしかして、王女のことが原因か？」

嫌な記憶が脳裏をかすめ、リュシアンはわずかに眉を痙攣《けいれん》させる。

「……知っているのですか？」

「まあ、フォール公爵が王女に求婚して断られた、という話は社交界に出回っていたからな。お前はノエリアという若い娘を娶《めと》ったばかりだったから、でたらめな噂《うわさばなし》話だと思っていたが。まさか、本当だったのか？」

どう説明すればいいのだろう。リュシアンはしばし黙考して口を開いた。

「ノエリアとは別れました」

「何⁉」

叔父には伝えなければならないことがある。ノエルとは知らない仲でもないし、ある程度は事情を説明しておかなければ筋が通らない。リュシアンは決意し、話を続ける。

「叔父上には本当のことをお話ししましょう。先日、王宮から王太后の使者が訪れ、手紙を渡してきたのです。そこにはこう書かれていました。ノエリアとの婚姻関係を白紙に戻すように。素直に応じればこの件は何もなかったこととし、不問に処すとね。私を罰すれば、身分を詐称し偽装結婚に合意した王女も罪に問わなくてはなりませんからね。王女の経歴にも傷がつきますし」

「おい、なぜお前の話に王太后様や王女が出てくる？　まさか、ノエリアとは……」

さすがに叔父も気づいたようだ。ノエリアの正体が王女であることに。

ここまで説明すれば十分だろうと、リュシアンは本題を切り出すことにする。

「叔父上、私はペリエ公爵家の相続を辞退します。本来、庶子である私にその権利はありませんから。領内のことはすでに叔父上にお任せしていますし、そのまま相続されたらいい。息子のブイエ伯もあなたに似て有能な男だと聞きますし」

「何を言う、リュシアン！　ペリエ公爵家の相続権はお前にという兄上のご遺言だっただろう！　私も兄上が亡くなられる前、邸《やしき》に呼ばれ、お前のことはくれぐれもよろしく頼むと伝えられている。早まったことを言うな！」

エリックは甥の申し出を強い口調で退けた。

とても自分が責任のある役割を果たせるとは思えず、リュシアンは更に主張する。

「私には荷が重すぎるのです。勤勉で経験も豊富な叔父上に継いでもらった方が、領民にとっても幸せなはず。父も今の私のような腰抜けに、自分が築き上げたものを託したいとは思わないでしょう。だから、どうか」

「リュシアン、お前はノエリアを失い、自暴自棄になっているだけだ。兄上から聞いているぞ。お前は教えられたことはすぐに吸収し、少しの努力であらゆる分野を極められる才能豊かな男なのだと。やる気さえ出せば、私や息子などより優れた能力を発揮し、我が一族に繁栄をもたらしてくれるはずだ。私はお前に期待しているのだぞ？」

　エリックはリュシアンの両肩に手を置き、まっすぐ目を見て言い聞かせた。

　リュシアンは叔父の期待に応《こた》える自信もなく視線をそらす。

「いいか、リュシアン。一時の感情で人生を棒に振るな。落ちつけばきっと己や周りのことが見えてくる。考え直す気にもなるはずだ。領内のことはとりあえず私が引き受けてやるから、しばらくゆっくり休むといい。また様子を見に来るからな」

　エリックはそう言って優しく肩を叩くと、頭の痛そうな顔をして退室していった。

　リュシアンは大きく溜息《ためいき》をつき、天井を仰ぐ。叔父があそこまで自分に期待を寄せ、引き留めてくるとは予想外だった。女に振られただけで腑《ふ》抜《ぬ》ける軟弱者なのだと伝えれば、すぐに見放してくれると思っていたのに。

　元より自分には家名を継ぐ意思も資格も適正もない。父が敷いた軌条に乗って、流されるままに生きてきた。父の遺言には胸が震えたし、できるだけ期待に応えたいとは思っていたが、もはや今では生きる気力さえ湧《わ》いてこない。

物思いにふけっていると、またもや部屋の外からノックの音が響いた。

「我が君、もう一人客人をお連れしました」

「……客人だと？」

外から聞こえたセルジュの声に、リュシアンはあからさまに眉をひそめる。

すると、許可も出していないのに扉が開き、金髪の青年が室内に足を踏み入れてきた。

「こんばんは、フォール公爵」

「……君は……」

リュシアンは瞠目《どうもく》し、青年の顔を凝視《ぎょうし》する。瞳《ひとみ》の色は晴れ渡った空のような青。少し癖のある金髪をリボンで一つに束ねている。線の細い中性的な顔立ちは、青年ではなく少年と言った方が相応かもしれない。格好も白いシャツにチェックのジレ、紺のキュロットと若々しく、脇《わき》の下《した》にセピア色の画帳を抱えている。

宮廷画家レナルド・ヴェルネ。アカデミー時代のノエルの学友であり、彼女とあまりにも親しくしていたため、リュシアンがしばらく敵視していた男。

「おい、セルジュ、ここには誰も通すなと言っていただろう！　叔父上ならともかく、その男の顔など今更見たくない！」

リュシアンはセルジュを睨《にら》みつけ、憤《いきどお》りをあらわに言い放った。数日前まではレナルドに会うことを切望していたのに。だが、もう全てが遅い。待っている間に、食事への期待もノエルを信じる気持ちもすっかりしぼんでしまった。頭にあるのは、イザベルが残した言葉と苦い記憶だけだ。

「申し訳ございません。主人の言いつけに背くこの行為、万死に値します。されど、この命をなげうってでも、我が君のことをお助けしたかった。このままでは、あなたは死んでしまいますから。だから、彼をお連れいたしました」

「なぜこの男を連れてくることが、私を助けることに繋《つな》がる？」

著《いちじる》しく眉をひそめたリュシアンに、レナルドは怯《ひる》むことなく告げる。

「フォール公爵、僕は王女、いえ、ノエルの願いを受けてここに来ました」

「……ノエルの願いだと？」

「はい。彼女は王宮から出られない。手紙も検閲されてしまう。だから、僕に絵の制作を依頼したいと言って部屋に呼び、思いを託したんです。あなたに伝えてほしいと」

レナルドを取り巻いていた空気が少し張りつめたものに変わる。

「王太后の愛人であるバルト子爵について調べてほしい。子爵はヨハン殿下を失脚させるために彼の侍従を使ってルミエール男爵を襲わせた可能性がある。彼女はそう話していました。あなたにこの件の捜査を依頼したいのだそうです」

リュシアンは目を見開き、眉間《みけん》のしわを深めた。

「なぜ私がそんなことをしなければならない？　だいたい、何の義理がある？　私はノエルに求婚を断られたばかりなのだぞ？　彼女も彼女だ。振った男に図々《ずうずう》しく面倒な依頼を押しつけてくるとは。私は知っているぞ。ノエルにはすでに花婿候補がいるのだろう？　大方、結婚相手を助けるために昔の男を利用しようというところか」

　恨み言が口を突いて出る。言葉にするまで自分が彼女にそこまでひどい印象を抱いているとは思わなかった。あんなに愛していたのに。愛されていると思っていたのに。

「あなたそれ、本気で言っているんですか？」

　レナルドがわずかに肩を震わせ、低い声で訊《き》いてくる。

　裡《うち》にとどめていた負の感情が一度外に出てしまったリュシアンはもう止まらない。

「私は何か間違ったことを言ったか？　知っていたのにな。女とはしょせん移り気で、身勝手な生き物だと。私は王女となった恋人に捨てられた惨《みじ》めな男だ。状況の変化に彼女の心も変わってしまったのだろう。食事が届かなくなったことが何よりの証拠だ。私のことなどもうどうなってもいいと思うようになり――」

「フォール公爵って女性とつき合ったことがないんですか？　ああ、女嫌いだったたって話だから、恋愛経験なんてないか。女性にひどい目にあわされて、信じられなくなったたってパターンなのかな。そうか、だからノエルの気持ちも全然わからないんだ」

　レナルドは質問しておきながら勝手に推察し、納得してみせた。

「君は、何を……」

「変わり者だってことは知っていたけど、ここまで鈍くて愚《おろ》かな人だとは思いませんでしたよ！　捨てられたって嫌みったらしく言ってますけど、全部あなたのために決まっているでしょうが！　彼女はあなたを守りたくて求婚を断ったんです。きっと王太后様に弱みか何かを握られて。それぐらい僕にだって想像がつきますよ！」

怒濤《どとう》のような勢いで叱責《しっせき》され、リュシアンは瞠目し、放心した声をもらす。

「……弱み、だと？」

「その辺りについては話してくれませんでしたけど、絶対そうです。何事にも一途《いちず》な彼女が急に心変わりなんてするはずがない！　舞踏会であなたの求婚を退ける前、王太后様に何か言われたって話も聞きましたし。心当たりはないんですか？」

嫌みがましい目で問われ、リュシアンの頭に舞踏会の記憶がよぎった。

『私が反対する理由を皆の前で話して聞かせましょうか？』

王太后の言葉を思い出してハッとする。あれは単に自分の人間性について話そうとしていたのだと思っていたが、弱みだったとしたら？　ノエルの態度が急変したのも頷《うなず》ける。

でも、何を？　王太后はどんな情報を摑《つか》んだのだろうか。

自分が周囲に知られて困ること。発覚すれば重い罪に問われるような。

「……まさか」

出生の秘密に思い当たり、リュシアンは悟る。それ以外に考えられない。

「食事を届けられなくなったのも、王太后様に気づかれ全部没収されていたからです。せっかく作った料理を毎日奪われて、彼女がどれだけ歯がゆい思いをしていたことか。あなたのことが心配で仕方なかったでしょう。だから、早く会いにいきたくて、他の花婿候補をあきらめさせるために奔走《ほんそう》していた。バルト子爵の件もそう。この事件を解決すれば、あなたとの結婚の道が開かれる。きっとそう信じて彼女は僕に願いを託したんだ」

レナルドは確信した様子で言うと、脇に抱えていた画帳をリュシアンへと差し出した。

「フォール公爵、これを。手紙や料理は無理だったけれど、この絵だけはどうにかなりました。僕が王女に依頼されて描いた絵で、自分のアトリエで仕上げがしたいと嘘《うそ》をついて持ち出したものなんですけど。ノエルが自ら描きました。あなたに渡してほしいって。今の自分の気持ちだって」

開かれた画帳の絵を見て、リュシアンは目を瞠《みは》る。

「これは……」

襟首《えりくび》まで伸びた亜麻色の髪。新緑のように清々《すがすが》しい緑の瞳。小柄な体にシンプルなピンクのローブをまとっている。リュシアンがただ一人愛した女性、ノエルの肖像画。

水彩絵の具で紙全体に淡い水色を敷き、人物はパステルで色彩豊かに仕上げている。

何よりも印象的だったのは、彼女の表情だ。小さめの唇に微笑を乗せ、クルミ形の目をわずかに細めている。頬《ほお》にはかすかな赤みが。まるで恋する乙女のように。

その表情を何度か見たことがあった。それはまさしくリュシアンに好きだと告白した時、ノエルが見せた顔。あの頃の彼女と少しも変わらない。

ノエルが描いた絵は真実を写し出す。何の脚色もない、彼女の心そのもの。

絵の中に収まったノエルは告げている。『あなたを愛しています』と。

「……私は本当に愚か者だな。君の言う通り、何もわかっていなかった」

リュシアンは悔やむように瞼を伏せてこぼす。自分を守ろうとしてくれた意図にも気づかず、ひどいことを言ってしまった。謂《い》われもないイザベルの言葉に惑わされ、ノエルの心を信じ続けることができなかった。彼女は変わらずに自分を思ってくれていたのに。

どうすれば報《むく》いることができるだろう。

「セルジュ、すぐバルト子爵について情報を集めてくれ。リディやブノアを使ってくれて構わない。全力で調査に当たるのだ」

リュシアンは立ち上がり、扉の側《そば》にいたセルジュに決然として命じた。

「それと、この絵に合った額縁を持ってきてくれ。汚れないように保護したい」

「汚れないように？　何か特別な用途でもあるんですか？」

重い腰を上げたリュシアンに安堵《あんど》しつつ、レナルドは不可解そうな顔をして訊く。

「この絵は私のおかずにする」

「……え？　えええっ⁉　おかずって⁉」

真っ赤になって狼狽《ろうばい》するレナルドを、リュシアンは眉をひそめて睨んだ。

「君はいったい何を想像している？　この絵を見ながらなら、何か食べられるのではないかと思ったのだ。彼女が側にいるのだと想像すれば食が進むと。このまま食卓に置いて食べては、汚れてしまうかもしれないからな」

「あ、ああ、そういった意味でのおかずですか。いや、それもどうかと思うんですけど」

一瞬納得しかけたレナルドだったが、すぐに唇をひきつらせて指摘する。

「何か食べなければ体が動かない。この際、彼女の手料理でなくても我慢する。何としても目的を成し遂げなければならないからな。私もさっそく活動する」

ノエルのため、そして自分自身のために。事件の謎《なぞ》を解き明かすことが、未来へ繋がる道。行く手を阻《はば》む壁を乗り越え、彼女と共に生きる幸せを手に入れる。

リュシアンは画帳からノエルの自画像を切り離し、その絵を手に歩き出した。


それから一夜が明けた夕刻前。各々《おのおの》の情報網を駆使し、町を奔走していた従者三人は、主人に一度報告するよう命じられ、食堂へと集まった。

リュシアンは上座の定位置につき、他の三人は長テーブルを挟んだ席の後ろに、リディ、セルジュ、ブノアの順で立った。

座ろうとしたブノアをセルジュが冷ややかにたしなめ、口を開く。

「では、基本的な情報から。バルト子爵は二十数年前まで女性を相手とする高級娼館《しょうかん》に勤めていました。類《たぐ》い稀《まれ》な美貌《びぼう》で貴婦人たちを虜《とりこ》にし、築き上げた財産で自ら経営に乗り出し成功を収めたようです。そして、そこで得た人脈と財力を使って爵位まで手に入れた。その辺りからほとんど働かず、気ままな生活を送るようになったと聞いています」

「誰かさんのことみたいっすね」

「私はひきこもりだったが、ちゃんと書類仕事くらいはしていたぞっ」

揶揄《やゆ》するように告げたブノアを、リュシアンは苛立《いらだ》ちをあらわに睨んだ。

二人の様子に構うことなく、セルジュは淡々と話を続ける。

「近親者はクリストフ様だけのようですね。誰とも結婚はせず、クリストフ様の母親は生まれた時からいなかったのだとか」

「……母親がいなかった？」

「ええ。その業界では珍しくない話だそうですよ。何せ、相手にしているのは主に既婚者。貴族のご婦人ですから。夫以外の男性との子供を認知して育てるわけにはいかないのでしょう。養子に出したり、男性側が引き取るケースもあったのだとか。バルト子爵はクリストフ様のことを使用人に任せ、全く面倒を見ていなかったと聞きますが」

リュシアンはテーブルの上で手を組み、学友について思いを巡らせた。あのクリスにそんな複雑な事情があったとは。父親に見放されて育ったという過去は、自分と少し被《かぶ》る。

「ねえ、クリス様の母親って、王太后である可能性はないかしら？　バルト子爵とは愛人関係だっていうし。王太后は不義密通の疑いで都を追われたでしょう？」

沈黙が漂いかけたところで、リディが興味深い推理を提示してきた。

「そいつはありえる話だな。都の外で昔の恋人と再会して、よりを戻したってところか。件《くだん》の男爵をやたらと王女の婿にしたがってたっていうのは、息子に権力を与えたい王太后の親心なのかもな」

ブノアもリディに賛同し、自らの意見を加える。

ただ、二人の推理は憶測の域を出ていない。

「王太后とバルト子爵がいつどうやって知り合ったのかわからないか？」

確証を得るべく、リュシアンはセルジュに視線を移して尋ねた。

「それが、その辺りは杳《よう》として知れず。調べてみても二人の接点が見つからないのです。王太后様が都に戻られてから、バルト子爵はほとんど表に姿を現さなくなったらしく。王太后様に行動を慎《つつし》むよう言われたのか、周囲を警戒している様子でして」

「あたしもセルジュさんが言った情報以上のことは摑めなかったわ。色街には結構知り合いもいるんだけどね」

「俺もお手上げだ。過去を探っても、王太后に繫がる情報は何も出てこねえんだ。やましいことがある証拠だぜ。後は子爵家の内部にでも潜り込んで、直接探るしかねえな」

「簡単に言うけど、どうやって内部に潜り込むのよ？　そう都合よく使用人を雇うはずないし、警戒している時に面識のない人間と会う気になるとも思えないわ」

ブノアは「う～ん」とうなり、頭を掻《か》きながらこぼす。

「調査を始めて二日目で行きづまるとは、まいったな」

「おや、私は他にも有用な情報を摑んでいますよ。脳まで筋肉質なあなたたちとは、頭の構造が違いますから」

「ちょっと、セルジュさん！　あたしまでこいつと一緒にしないでよ！」

「そこまで言うならな、聞かせてみろよ！　その有用な情報ってやつを！」

セルジュは「いいでしょう」と言って微笑《ほほえ》み、自信に満ちた表情で口を開いた。

「バルト子爵は両刀です。女性だけではなく男性もいけるのです！」

黄昏の光が射し込む食堂に、墓場のような沈黙が落ちる。

「……それってドヤ顔で言うような情報か？」

「いくらあたしでも反応に困るんですけど……」

ブノアとリディは唇をひきつらせ、白い目でセルジュを凝視した。

「だからあなたたちは脳筋だと言ったのです。おまけに人の話も聞かない。もう一つ情報があります。バルト子爵がオーナーを務める男性客専門の高級娼館に、彼が五日に一度程度お忍びで現れるそうです。娼婦《しょうふ》を二階の個室に呼んで、相手をさせているのだとか」

セルジュは冷ややかに説明し、他の三人の反応を待つ。

「そんなことをして王太后に怒られないのかしら？」

「だからお忍びで行ってんだろ。子爵は結構好色だって噂もあるし、王太后とはほとんど会えずに我慢させられて、色々と溜《た》まってるんじゃねえのか？」

「まあ、貴族って本命以外にも愛人を持つのが普通って話も聞くしね」

「ここまで説明して、あなたたちはまだわからないのですか？　我が君ならば私の言いたいことがおわかりですね？」

突然話を振られ、リュシアンは目を瞬《しばたた》き、嫌な予感を覚えつつ口を開いた。

「まさか、君はこう言うのか？　その娼館に潜り込み、子爵から直接情報を引き出せと」

「ご明察です。まずはリディに猫を被ってもらい、娼婦として潜入させましょう。子爵に男色の気があるなら、我が君にも脈はありますね。この国でここまで美しい男性は他におりませんから。ブノアは問題外。私も魅力の面では我が君に劣りますし」

「おい、今の問題外って、どういう意味だよ！」

セルジュがさらりと告げた言葉に、ブノアは眉を逆立てる。

「言葉通りの意味ですが？　私たちが娼館に潜入したところで、バルト子爵の気を引くことは難しいと言っているのです。あなたは筋肉、私は頭脳、分相応の役割を果たし、容姿に関することは、我が君とリディに任せましょう」

「おい、勝手に任せるな！　なぜ私まで娼館に潜入しなければならない！」

「そうよ！　何であたしが娼婦にならなきゃなんないの？　あたしの体はご主人様だけのものなのに！」

「大丈夫ですよ。高級娼館ですから、雇われてすぐ体を売るようなことにはなりません。始めは見習いとして雑用をさせられるだけでしょう。あなたは我が君に危険が及ばないよう気を配りながら、バルト子爵に近づいてください。娼館では綺麗《きれい》なローブが着放題。更に、子爵はクリストフ様に似て、かなりの美形だそうですよ？」

「……クリス様に似た美形？　……ナイスミドルなクリス様……」

言葉巧みなセルジュに乗せられて、リディは「はあはあ」と鼻息を荒くした。

「さて、我が君についてですが、娼館の内部に潜入するためには、強制的に枠を設けなくてはなりません。子爵が訪れる娼館では今、娼婦しか募集しておりませんので」

「だから、なぜ私が子爵と接触しなければならない。奴《やつ》は男色の気があるのだろう？　迫られたらどうする！　そんな危険のある方法など私は――」

「我が君、あなたが子爵について調べているのは何のためです？　早く目的を成し遂げたいのではなかったのですか？」

却下しようとしたところで痛い質問を浴びせられ、リュシアンは「うっ」と声を詰まらせた。どこから出したのか、セルジュの胸の前にはノエルの肖像画が掲《かか》げられている。彼女の幸せそうな微笑を見せつけられては、「否《いな》」と言えるはずもない。

「わかった。何でもやってやる！　君の考えた策を話して聞かせろっ」

リュシアンは半ば自棄《やけ》になって説明を求める。

「はい。では、まず今夜ブノアに動いてもらいます。我が君とリディには明日、面接に行っていただくことになると思うのですが」

セルジュは悪魔のような微笑を浮かべ、情け容赦ない作戦を口にしたのだった。


贅《ぜい》を凝《こ》らした豪奢《ごうしゃ》な娼館の一室から、悦に入った中年男性の声が上がる。

「いや、助かったよ、さっそく来てもらえて」

新しく雇い入れた従業員二人を執務室に呼び、支配人は安堵の溜息をこぼした。

「急にうちのピアニストが休むことになってしまってね。酔っぱらいに絡まれて顔を殴られたんだ。怪我《けが》自体は大したものじゃないのだけど、うちは客商売で印象が大事だから。ピアニストも顔が命！　いやあ、腕も確かだし、いい人が見つかってよかったよ」

支配人の目が新人ピアニストの顔を捉《とら》え、陶酔したように細められていく。彼が身につけているのは、燕尾形《えんびがた》の黒いフラックとパンタロン。襟元には小型のネクタイが飾られ、プラチナブロンドの長髪は整髪料を用いてきっちり一つに束ねられている。普段の彼より華やかであり格式張った格好だ。

強制的に髪型と服装を整えられたリュシアンは、著しく顔をしかめる。セルジュの指示でこの娼館の面接と簡単な実技試験を受け、即採用となったのだが、やはり気が進まない。娼館通いの客や娼婦たちの前でピアノを弾くなんて。

セルジュもよくこんな策を思いついたものだ。ピアニストを殴った酔っぱらいとは、何を隠そうブノアのことである。何の非もないのに殴られたピアニストが哀れでならない。

「君、別の仕事をする気はないかな？　その容姿の美しさを生かした、さ。うちではなく系列の店でいい人材を探していてね。賃金も格段にいいし、契約が終わったらどう？」

「断る！　これ以上面倒な思いをするつもりはない！」

支配人の勧誘をリュシアンは不機嫌極まりない顔で拒絶した。ピアニストとしての契約は、前任者の怪我が回復するまで。それ以上娼館勤めを続ける気は毛頭ない。

「その態度の悪さじゃ、接客には向いていないか。仕方がない。えーと、リリーちゃんだっけ、君の方は問題ないと思うけど、よろしく頼むね」

「もちろんですわ！」

支配人に声をかけられたリディは、愛想のいい笑顔で返事をした。彼女（彼）の方はひらひらのかわいらしいローブを着られて、かなりノリノリの様子である。

リディも面接で即採用となり、さっそく出勤の希望を出していた。余談だが、女じゃないから詐欺《さぎ》だと言ってからかったブノアは回し蹴《まわげ》りを食らい、今も邸で失神している。

「あの、支配人、オーナーに挨拶《あいさつ》とかしなくてもいいんですか？　どんな方かちょっと興味があるんですけどぉ」

バルト子爵の情報を引き出すべく、リディはさっそく支配人に質問した。

「挨拶は気にしなくていいよ。オーナーっていっても今は経営に一切関わっていないんだ。たまに収益を回収しに来て、遊んでいかれるだけだから」

「遊ぶ？　オーナーもお客様になるんですか？」

「ああ。二階の個室に娼婦を呼んで、お酒の相手をさせるんだ。人目を嫌われているようで、なじみの娼婦以外と接することはないのだけど」

リュシアンは心の中で自分の執事に感心する。セルジュが摑んだ情報通りだ。

「じゃあ、さっそく頼むよ。君の仕事については、やり手の娼婦に頼んでいるから、彼女に聞いて。ピアノの方は、渡しておいた楽譜をただ弾いてくれるだけでいいから」

支配人に促され、リュシアンとリディは執務室を出た。リディは今いる三階の東端にある娼婦の控え室に、リュシアンは支配人に連れられ一階へと足を進めていく。

娼館は宮殿のような造りをした三層構成の建物だった。二階と三階は主に娼婦たちの部屋で、一階はロビーとバンケットルーム。オーク材のテーブルやビロード張りのイスがいくつも置かれ、そこで娼婦と男性客が会話を楽しむ酒場のような雰囲気になっている。一階でお気に入りの娼婦を見つけ、上の階で個々に親交を深めるという仕組みのようだ。

広間の中央には踊れるほどのスペースがあり、その北側には黒いグランドピアノが置かれている。ダンスを楽しみたい客の要望に応じて舞曲を演奏することもあるようだ。

今はまだ宵の口で娼館が始まったばかり。男性客や娼婦の姿もまばらだ。

とりあえず指示が出るまで順番通りに楽譜を弾いていくよう言われたリュシアンは、夜曲を奏で始めた。客人たちの会話を阻害してはいけないためピアノの屋根は閉じ、ペダルで調整できる音量も最小に設定されている。娼館においては客人たちが主役で、ピアノは背景音楽でなくてはならない。

目立たず控えめに。支配人の言葉を忠実に守り、譜面を淡々となぞっていく。

娼婦が時折うっとりした顔でリュシアンを見つめてきていたが、音楽には耳を傾けていない。一階にいるほとんどの客が、娼婦との会話に夢中になっている。先日の舞踏会に参加した貴族はいないらしく、誰もリュシアンの正体には気づいていないようだ。

演奏の開始から二時間ほど経過し、客人たちの興奮も最高潮に達しようとしていた時。

一人の中年男性がロビーに現れた瞬間をリュシアンは見逃さなかった。

黒のフラックに白のパンタロンを合わせた金髪碧眼《へきがん》の紳士。セルジュから聞いていた特徴と同じ、色白の優男が支配人の出迎えを受け、静かに二階へと上がっていく。

間違いないだろう。今の男がバルト子爵。リュシアンの標的。

これまたセルジュの読み通りの展開だった。バルト子爵がこの娼館を訪れるのはだいたい五日の間隔。だから、今日か明日には来るだろうと予想していたのだ。

後はリディがうまくやってくれるはず。リュシアンは期待を込めて二階を見上げた。

シルク製の絨毯《じゅうたん》で彩られた階段をバルト子爵が上りきる。

その先にリディがいた。そして、何もないところで突然コケた。

彼女の体は床の上に投げ出され、鋼鉄の美脚があらわになる。

床で官能的な姿勢を取ったリディは、頬を赤らめ「あっ」と艶《つや》めいた声を上げた。

あからさますぎるが、これを気に留めない男性はいないだろう。多少幼さの残った顔立ちではあるものの、彼女の容姿は確実に上玉の部類。この姿勢を見せつけられたら、大抵の男がリディに目を奪われるはず。きっと子爵もリディを気に入り、部屋に誘うだろう。

リュシアンは作戦の成功を確信し、バルト子爵に視線を移した。だが――。

「支配人、いつもの子を早めに頼むよ。それと、娼婦の教育はしっかりしておくように」

ゴミでも見るようにリディを一瞥《いちべつ》するや、子爵は側にいた支配人に注意し、二階の部屋へと向かっていった。

あの状態のリディを無視するとは、どれだけ目が肥えているのか。リディの奇襲作戦が失敗に終わり、リュシアンは思わずカーンと調子外れな音を響かせてしまう。

リディは信じられないといった顔で子爵の後ろ姿を眺め、わなわなと唇を震わせた。

そんな彼女の前を、豪奢なローブと大人の色香をまとった女性が通り過ぎていく。豊かな胸と細い腰つきをした極上の美女だ。バルト子爵が贔屓《ひいき》にしている娼婦らしい。彼女はリディに一瞥をくれることもなく、子爵のいる部屋へと向かっていった。

リディは打ちのめされたように顔を凍りつかせ、床に体を投げ出したまま立ち上がる気配を見せない。完全に自信と気力を失ってしまったようだ。

ちょうど曲を弾き終え、リュシアンも動きを止める。想定外の展開になってしまった。バルト子爵は一度部屋に入ってしまえば、半日近く出てこないと聞く。二階に上がるまでの間が最大のチャンスだったのだ。次の機会はおそらく五日後。ピアニストとしての契約期間を終え、今日以上の好機はきっと巡ってこない。

子爵から直接情報を聞き出す作戦はあきらめるしかないのだろうか。ノエルの願いを叶《かな》えるため、彼女と共に過ごす未来を切り開くために、娼館にまで潜入したというのに。

ふいにノエルの顔が脳裏をかすめた。苦境に立たされても挫《くじ》けず前を向く彼女の姿が。

——いや、あきらめてはいけない。わずかでも可能性がある限りは。全身全霊を傾け、子爵の関心をこちらに引き寄せる。

リュシアンは決意を胸に立ち上がった。

ピアノの屋根を最大限まで開き、ペダルで調整できる音量も最大に。そして——。

バーン!!

突如響いた大音量に、一階にいた全ての人間が目を見開き、広間の北側に注目した。

それは人々を驚かせるために鳴らされた音ではない。歴《れっき》とした曲の導入部。渡された楽譜には載っていない。百年前の作曲家ベルランのピアノソナタ第八番『熱情』。

躍動感あふれる序奏から始まり、展開部まで非常に急速なパッセージが繰り返される。超絶技巧を必要とする難曲だ。左手は激しい律動を刻み、右手の動きは疾風怒濤。凄《すさ》まじい波のうなりのようなアルペッジョを猛スピードで奏でていく。

リュシアンが表現する劇的かつ壮大な世界観に、聴衆は一瞬にして心を奪われた。

彼らに息をつく間も与えず、曲は展開部へ。

一瞬、リュシアンの手が止まり、そこからがらっと空気が変わる。まるで銃弾飛び交う戦場から緑豊かな故郷に舞い戻ったかのごとく。両手共に流れるような十六分音符のアルペッジョを連ね、牧歌的でのんびりとした雰囲気を醸し出す。

花に囲まれた田舎の景色を思い起こさせる穏やかな旋律。

その流れはリュシアンの人生に近しかった。義母たちに虐《しいた》げられ、過酷な日々を送っていた激動の少年期。だがある日、一人の少女に出会って人生が大きく変わった。

彼女と過ごすようになって、初めて世界には穏やかな場所があることを知った。

闇《やみ》で閉ざされた地底から光に満ちた天上へと連れ出されたのだ。

やがて、曲は力と熱を増し、再現部へ。

右手は甘く美しい主旋律を歌い、左手の伴奏は軽やかなリズムを刻んで曲の情感を煽《あお》り立《た》てる。聴衆を夢の中へと誘うかのごとく。

その先に広がっていたのは、炎のように燃え上がる愛。

重厚な和音が連打され、繊細で幻想的な世界が一気に熱を帯びていく。

リュシアンは曲を奏でている間、ずっと一人の女性に思いを馳《は》せていた。

バルト子爵に聞かせるためでも聴衆のためでもない。ただ愛する女性のために。彼女と生きる幸せを摑むために。闇の中から引き上げてくれた、穏やかな感情を教えてくれたノエルに、今自分が表現できる最高の一曲を捧《ささ》げる。

曲は転調を繰り返した後、興奮と熱情に包まれたクライマックスへ。

十六分音符が間断なく情熱的な旋律を奏で、永遠の愛を高らかに歌い上げる。ノエルへとほとばしる熱い思いを。

感情を弾《はじ》けさせたリュシアンの指は、やがて叙情性にあふれた流麗なる結尾部《コーダ》を紡ぎ、甘美でしっとりとした音色を響かせて静止した。

三十名以上の人で満ちた空間に、時を止めたかのような静寂が舞い降りる。

誰一人息をもらすこともなければ、瞬《まばた》きさえしない。

皆が恍惚《こうこつ》とした表情で、広間に君臨した若きピアニストを見つめている。

しかし、それも十秒あまりのこと――。

「ブラボー！」

一人の紳士が声を上げたのを皮切りに、広間は割れんばかりの拍手と歓声に包まれた。

「素晴らしい！　まさか娼館で宮廷ピアニスト以上の演奏が聴けるとは」

「いや、痺《しび》れたな。あのピアニストは特別に招集したプロなのだろうか？」

「あれほどまでに美しい容姿をしたプロなど見たことがないぞ。私はかなり音楽業界に通じていて、宮廷ピアニストの演奏会にも数多く通っているが」

男性客たちが賞賛の言葉を口にしながら、リュシアンを不思議そうに眺めている。

「鳥肌が立つくらい素晴らしかったわ！」

「本当に。見た目もすごく素敵だし」

娼婦たちはいまだにうっとりとした表情で手を叩き、目に涙を浮かべる者さえいた。

そこは娼婦たちが春をひさぐための場所だというのに、一流の音楽家による演奏会の終了後に似た空気が充満している。

一方、興奮冷めやらぬ人々とは対照的に、リュシアンはただ呆然《ぼうぜん》としてピアノの前に座っていた。この気持ちは何なのだろう。言葉では表せない高揚感は。人々が自分の演奏を聴いて感動し、賛辞を送ってくれている。過去にも一度感じたことがあるような。

『とっても温かくて、愛情にあふれていて。僕、公爵様のピアノが大好きです』

リュシアンはハッと思い出す。そうだ。あの時と似た気持ち。機嫌を悪くしたノエルのためにピアノを弾いて、彼女が涙を流しながら賞賛してくれた時と。

演奏している間は彼女のこと以外頭になかった。そして、自分の思いを夢中になって表現できる充足感。演じきった後の達成感と恍惚。聴衆に認められた喜び、興奮。いつの間にか、感じたことのない情動で胸が満たされている。

――またこれらの気持ちを味わいたい。

漠然とした希望を抱いていたその時、二階へ繋がる階段の踊り場で、誰かと話す支配人の姿が見えた。彼にひそひそと耳打ちしているその人物は――。

――バルト子爵。

リュシアンは我に返り、神妙な面もちで二人を観察する。うまくいったのだろうか。ピアノで子爵の関心を引き、会話する機会を設けようという作戦は。ピアノの音は二階なら十分に届いていただろうし、こうして出てきたということはかなり期待ができそうだ。

話を終えたバルト子爵は二階の部屋に戻っていき、支配人はこちらへと向かってくる。

「君、連絡先を教えてもらえないか？　ぜひ知り合いの音楽家に紹介したい」

近くにいた中年の紳士に声をかけられたところで、支配人がその場に割って入った。

「申し訳ございません、皆様。当館のピアニストが出過ぎたことをしてしまい。君、ちょっとこっちへ来たまえ」

客人たちに媚《こ》び媚びの笑顔を向け、リュシアンには硬い表情でささやきかけてくる。

支配人に促され、リュシアンは誰もいない広間の隅へ向かった。

「何だ？　説教か？」

悪びれることなく訊いたリュシアンに、支配人は唇をひきつらせながら答える。

「そうしたいところなんだけどね。オーナーがお呼びだ。君と話がしたいらしい」

「話？」

「君を気に入られたようだよ。娼婦を追い出し部屋で待たれている。早く向かいたまえ」

リュシアンは瞠目し、心の中でつぶやいた。「しめた」と。

「いいかい。この業界で成功したかったら、大人しく彼の言うことを聞くんだ。言葉遣いも礼儀正しくね。これは絶好のチャンスなのだから」

真剣な表情で言い聞かせると、支配人は部屋の場所を伝え、執務室へと戻っていった。

確かにそうだと納得し、リュシアンは二階に上がっていく。これはバルト子爵のことを探る絶好の機会。彼の口から直接、王太后や襲撃事件との関わりについて聞き出すのだ。

バルト子爵専用の個室は、吹き抜けの大階段を上ってすぐの場所。

彼が滞在する部屋の前に立ったリュシアンは、控えめにノックをして呼びかけた。

「失礼するぞ」

言葉遣いを正すのを忘れたものの、気にすることなく扉を開ける。

そして、室内へと足を踏み入れた瞬間——。

「いやあ、よかった。本当によかったよ！　私はピアノを聴くのが好きでね。それ以上に美しい男が大好きなんだ！」

少し高めな男の声が響くや、リュシアンの目の前に誰かが飛び出してきた。

抱きつかれそうになったところを、リュシアンは体を横に翻《ひるがえ》して避ける。

扉にぶつかりそうになる襲撃者だったが踏みとどまり、リュシアンへと向き直った。

その男の姿を改めて観察し、リュシアンは顔をしかめる。赤ら顔の優男がトロンとした目つきでこちらを眺めていた。遠目からではっきりわからなかったが、この男はこんな顔をしていたのか。金髪碧眼の中年紳士、バルト子爵。

今年四十五になるという話だが、それよりはだいぶ若く見える。過去に高級娼館で色を売っていたというだけあり、容姿もクリスに似てかなり秀麗だ。ただ、表情がいただけない。明らかに酔っぱらっている。どうやら、この短時間で出来上がってしまったらしい。

そういえば、セルジュはこうも言っていたか。バルト子爵は酒に弱いと。そして、女性だけでなく男性もいけるのだと。リュシアンのピアノを気に入って呼び出したのかと思ったが、違う。子爵の感性ではなく、欲望の方を刺激してしまったようだ。

まさか本命のリディより、予備のつもりだった自分の方が気に入られるとは。

激しく動揺していると、バルト子爵が下卑《げび》た笑みを浮かべて話しかけてきた。

「何だい、照れているのかい？　支配人に聞かなかったのかな。大人しく相手をするようにって。素直に言うことを聞けば、一生いい夢が見られるよ！」

再度抱きつこうとしてきた子爵に、リュシアンは部屋の奥へと後退しながら告げる。

「待ってくれ。私はあなたの噂を聞いている。バルト子爵、あなたは王太后の愛人だそうだな？　こんなことをしてもいいのか？」

これは大きなピンチでありチャンスでもあった。酒が入り警戒心を緩めている今なら、うっかり秘密をもらしてくれるかもしれない。

「こんなこと？」

目を瞬いたバルト子爵に、リュシアンはまじめな顔つきで問いつめる。

「この行為はいわゆる浮気だろう？　王太后に知られたら事だぞ？　彼女はかなり目敏《めざと》くて気性の激しい女性だと聞くから、発覚すれば私まで被害を受けることになってしまう」

まず知りたいのは王太后との関わりについて。そこから襲撃事件に持っていきたい。

「大丈夫大丈夫。バレやしないって。彼女は私のことなど大して気に留めていないから。もっと他に注意する相手はいるけれど、娼館遊びぐらいは大目に見てくれているから」

バルト子爵はリュシアンを寝台の方へと追いつめながら放言する。

「注意する相手？」

「君には関係ない話だから大丈夫。王太后様の存在に怯《おび》える必要は全くないよ。だって、私と彼女はほとんど関わりがないから」

「……関わりがない、だと？」

子爵の口から滑《すべ》り出た言葉に、リュシアンは大きく目を見開いた。

「あっ、これは言ってはいけないことだったたっけ。まあ、いいか。そういうわけだから心配しなくても平気だよ」

一度首を傾《かし》げたバルト子爵だったが、すぐに気持ちを切り替え、リュシアンへと迫る。

「関わりがないというなら、なぜ二人は愛人関係だという噂が流れている？」

リュシアンは質問を向けることで子爵の侵攻を遮《さえぎ》った。酔って随分口が軽くなっているようだから、もっと重要な情報を引き出せるかもしれない。

「いや、私もよくわからないんだ。ただ、しばらくは外出を控え、王太后様とはほとんど接点がないことを話さないよう言われているだけで、あっ」

言っちゃった、まさにそんな顔をしてバルト子爵は口元を押さえた。

「いったい誰にそんなことを頼まれた？」

リュシアンはすかさず追及する。しかし、さすがにまずいと思ったのか、バルト子爵は後ろめたそうに顔をゆがめたまま何も話さない。

子爵と関わりがないのに、なぜ王太后はクリスをノエルの伴侶《はんりょ》に薦《すす》めていたのか。

リュシアンは嫌な予感を覚え、更に質問する。

「ならば、息子と王太后にはどんな繋がりがある？　あなたと彼女に関わりがないというなら、クリスの母親は……」

「どうしてそんなことまで訊くんだい？　王太后様を警戒しなくてもいいとわかっただけで十分だろう。クリスのことを知っているようだし、まさか君は——」

さすがに立ち入りすぎたと、危機感を覚えたその時——。

「うらぁ！」

誰かが疾風《はやて》のように駆けてきて、バルト子爵の側頭部に回し蹴りを繰り出した。ローブの裾《すそ》がひらりと舞い上がり、足の間から目にしたくもない物体が垣間見《かいまみ》える。

子爵の体は斜め前へと傾き、そのまま床に倒れて気絶した。

「おほほほほ。失礼しました、ご主人様。そろそろやばそうだと思って。これ以上は情報を引き出せそうもなかったことですし。決してこの男があたしを華麗にスルーした恨みからじゃありませんわよ」

リディは愛想笑いを浮かべ、凶行に踏みきった理由について釈明する。

「まあ、いい時に来てくれた。私も調子に乗って深追いしすぎた。このままでは危なかっただろう。色んな意味でな」

リュシアンは昏倒《こんとう》している子爵を見て、深い溜息をついた。酔っていたとはいえ、まさかここまで不埒《ふらち》な男だったとは。リディが立ち直って外に張りついているかは賭《か》けだったが、万一に備え扉をきちんと閉めないでおいてよかった。

「話をしてみたら案外すぐに落ちましたね。途中から迂闊《うかつ》なこの酔っぱらいが王太后の愛人だってことに違和感を覚えてたんですけど」

「私もだ。でも、まさかほとんど関わりがなかったとは」

リュシアンはリディの言葉にしみじみと同意し、これまでのことを振り返る。

子爵に口止めしていたのは誰なのか。襲撃事件を企《くわだ》てた真犯人は？　まだ謎は残っているが今日摑んだ情報は重要だ。すぐレナルドに知らせて、ノエルに伝えてもらおう。

「この男はどうします？　痛みなんて感じる間もなく、逝《い》ったと思うんですけどね」

「逝ってはいない。息はしている。ちゃんと寝かせておけば、途中で酔いつぶれて眠ったのだと思い込むだろう。支配人にもそのように伝える。手伝え、リディ」

「はーい」

リディと一緒に子爵をベッドに運んでから、リュシアンは支配人の執務室を訪ねた。

そして、具合が悪いと言って早退の許可をもらい、遠慮なく退室していく。

支配人は哀れみの目を向けてリュシアンの体を気遣ってくれた。

――おかしな意味はないのだと思いたい。

国王の城館西の棟、前庭に面した南端の部屋から驚き入った女性の声が響く。

「バルト子爵と祖母にはほとんど関わりがない？」

レナルドの報告を聞き、窓際のイスに座っていたノエルは思わず立ち上がった。

「ああ。昨日の夜、フォール公爵はそう言っていたよ。引き続き調査を続けるみたい」

レナルドはノエルの肖像画を描きながら頷き、報告をつけ足す。

彼を自室に呼んでも怪しまれないようにするため、ノエルはパステル画の他に油絵でも顔を描いてもらうよう依頼していた。祖母よりもずっと甘い父にお願いして。午後のこの時間は、レナルドと唯一会話ができる貴重なひと時なのだ。

「ごめんね、レナルド。突然こんなこと頼んじゃって」

ノエルは肩を落として謝罪する。彼にも仕事があるのに、王女の権限を使って余計な負担をかけてしまった。しかも、祖母にバレたらまずい危険な役割を。

「何か危ない目にあっていない？　君は僕のせいで祖母に目をつけられていたから」

「心配しないで。追っ手には注意しているけど、外にはついてきていないみたいだし。フォール公爵にはだいぶ会っていなかったから、僕には警戒を緩めているのだろう」

「でも、祖母に知られてしまったら……」

「大丈夫。本当に気にしないで。君の役に立てるのなら本望だから。女の子に、しかもお姫様に頼られるなんて、男冥利《おとこみょうり》に尽きるというものだよ。君には借りもあるしさ」

身を案じるノエルに優しく言い聞かせ、レナルドは励ますように微笑んでくれた。

借りなんてとっくに返してもらっている。

「ありがとう、レナルド」

ノエルはレナルドの前へと歩み寄り、彼の背中に手を回した。心からの感謝の気持ちを込めて。レナルドのように思いやりのある男性と友達になれて本当によかったと。

突然の抱擁を受けたレナルドは頬を赤らめ、やんわりノエルをたしなめる。

「あの、あまりこういうことはしない方がいいと思うよ。君、最近すごく綺麗になって、男は皆困惑してしまうだろうから。フォール公爵が見たら大変なことになると思うし」

「あっ、ごめん！　僕、つい自分が女に戻ったことを忘れちゃって。迷惑だったよね」

我に返ったノエルは、慌てて彼から体を離した。感情が高ぶると無意識に動いてしまう悪い癖が出た。心を許せる人の前だと、いまだに自分のことを「僕」と言ってしまうし。

「迷惑なわけないよ！　本当は少しだけ下心があったんだ。君の頼みを聞けばこんないい思いができるんじゃないかって。男って好みの女性の前では格好《かっこ》つけたくなるものだし」

「えっ？」

思わぬ言葉に目を瞬くと、レナルドは更に顔を紅潮させ、狼狽をあらわに訴えた。

「ああっ、僕はいったい何を！　君がフォール公爵を好きなことはわかっているんだよ。お願いだから、今言ったことは忘れて！　友情だけは壊したくないんだ。頼むから！」

あまりの必死さに気圧《けお》され、ノエルは戸惑いながらも「う、うん」と首を縦に振る。

レナルドはひとまずホッと息をつき、空気を変えようとするかのように質問してきた。

「そ、それで、この後どうするの？　随分きな臭い展開になってきたけど」

ノエルはハッとして居住まいを正し、頭の中で考えを巡らせる。

「今から祖母に会ってみるよ。本当のことを話してくれるとは思えないけどね」

「えっ、大丈夫なの？」

「うん。早くしないとヨハン殿下に審判が下されてしまうし、君や公爵様ばかりに危ない橋を渡らせたくない。僕も自分にできることをしてみるよ。これは僕の問題だもの」

胸に手を当てて告げると、ノエルの真剣さを読み取ったのか、レナルドは心配そうに眉をゆがめつつ頷いてくれた。

「そうか。じゃあ、気をつけて。無理をしたらだめだよ？　僕は今夜もフォール公爵の邸に行って、何か情報がないか聞いてみるから」

「うん。本当にありがとね」

ノエルは素直に友人の厚意を受け止め、笑顔で礼を述べる。

そして、時間までレナルドに肖像画を描いてもらいながら会話を楽しみ、部屋を出た。

向かうは、国王の城館北の棟にある王太后の居室。大抵は不在の祖母だったが、クリスの襲撃事件があってから身辺を警戒してか、外出を控えるようになっていた。

廊下で会った王太后付の侍女に尋ねると、この日も在室中とのこと。

部屋の前に辿《たど》りついたノエルは一度深呼吸をし、控えめに扉を叩いた。

「おばあ様、少しよろしいでしょうか?」

伺《うかが》いを立てて三秒後、室内から祖母の声が響く。

「ノエルね。いいわ、入りなさい」

入室を促され、ノエルは扉を開けて中へと足を踏み入れた。

ノエルの居室よりも広く、高価な調度品や絵画に囲まれた豪奢な部屋である。

「何か用かしら?」

奥のテーブルで紅茶を飲んでいた王太后は、優雅にティーカップを置いて問いかけた。

見た目からちょっとした所作に至るまで、本当に何て上品で若々しいのだろう。

「あの、おばあ様、突然不躾《ぶしつけ》なことを伺いますが、おばあ様にはおつき合いされている男性がいるのですか? 愛人がいるという噂を耳にしてしまったのですが」

悠然と構える祖母に気後れしながら、ノエルは遠回しにバルト子爵のことを尋ねた。

「まあ、誰? そんなくだらない噂を流したのは。いるはずがないでしょう? 私《わたくし》はこの国の王太后なのですよ? 王族たる者、不埒な話に耳を貸すものではありません」

王太后は不機嫌そうに眉をゆがめて否定し、ノエルをたしなめる。

「申し訳ありません、おばあ様」

ノエルは肩を縮めて謝罪しつつ、冷静に考えた。まあそう答えるとは思っていたのだ。

王太后としての体面もあるし、孫の前で愛人の存在を認めたりはしないだろう。

この様子だと、何を訊いたところで祖母が正直に話してくれるとは思えない。

ならば今、自分にできそうなことは——。

「それより、おばあ様、今日はお願いがあって伺ったのです」

ノエルは頭の中で考えをまとめ、祖母に申し出た。

「お願い？」

「はい。クリス様の元へお見舞いにいきたいのです。お許しいただけないでしょうか？」

クリスならば父親のバルト子爵についてもっと情報を持っている。それと、レナルドの話を聞いて疑問に思ったことがあった。クリスに尋ねて真相を確かめたい。

「回復に向かっているとはいえ、彼の傷は重く、まだ療養中の身。このような時期に見舞っても、迷惑なだけよ」

「クリス様のことが心配なのです。お願いします、彼に会わせてください！」

難色を示す祖母に、ノエルは意気込みをあらわに懇願した。謎を解くためには何としてもクリスに会わなければならないのだ。

「あなた、そこまでクリスのことを想《おも》っていたの？」

王太后は目を瞬き、意外そうにノエルを見つめる。

ノエルは一瞬間を置いて頷いた。彼のことは異性として想ってはいないけれど、ずっと頼りにしてきたし、傷の具合が心配であることも本当だ。

「まあいいでしょう。でも、少し会うだけよ？　彼の傷に障《さわ》りますからね」

「はい！　ありがとうございます！」

無事最大の難関を突破し、ノエルは口元に安堵の笑みを浮かべた。

クリスに会えば、きっと大きな謎が解き明かされる。

もしかしたら、それは自分の望む答えではないかもしれないけれど。

期待と不安を胸にノエルは身支度をし、王太后が用意した馬車へと向かったのだった。


円屋根《クーポラ》を頂いた三層構成の壮麗な邸宅に、紳士や淑女たちが続々と足を運んでいく。

彼らがまとっているのは、古典作品に登場する怪人や魔女、悪魔などを連想させる奇抜な衣装。大抵が仮面か被り物で素顔を隠している。

そんな仰々しい雰囲気に包まれた会場で、ひときわ異彩を放つ人物がいた。

「見て、あの方の仮装。本物のようだわ」

背中に妖精《ようせい》の羽をつけた貴婦人が、広間に入ってきた男性を見て感嘆の声を上げる。

「本物以上でしょう。私、あの方にだったら血を吸われたい」

仮面だけの簡素な仮装をした貴婦人は顔を紅潮させ、うっとりとその青年に見入った。

目元だけを覆う仮面の穴から見えるのは、淡いブルーの瞳。長身痩躯《そうく》の体に黒いフラックとパンタロンをまとい、襟のついた漆黒の長いマントを着用している。薄い唇の間から垣間見えるのは牙《きば》だ。黒いシルクハットを被り、プラチナブロンドの長髪は束ねることなく背中に流している。その姿はまるで孤高の吸血鬼《ヴァンパイア》。青年が現れたとたん、パーティ会場は魔性の力に支配され、皆が魅入《みい》られたように彼の姿を観察している。

「その銀髪はラファエル？　ラファエルだよね？　その格好すごく似合っているよ！」

パーティの主催者であるバルト子爵が吸血鬼の正体に気づき、広間の奥から声をかけた。彼もまた仮装をし、白い毛皮の仮面で目元を覆っている。身につけているのは、足下まで流れる純白の長衣《ながぎぬ》と天使の大きな羽だ。

「ああ、招待状が無事君の元まで届いてよかった。住所がわからなかったものだから。支配人に頼んでおいて正解だったよ。ちょっと二人で話をしようか」

バルト子爵に誰もいない広間の隅へと連れ出され、リュシアンは著しく顔をしかめた。

ラファエルとは偽名。そう、この吸血鬼の格好をした青年こそ、リュシアン。彼は娼館に赴《おもむ》いて早々、支配人の命令でパーティに参加するよう強要されたのだ。この仮装も支配人が用意して無理やり着せたものだった。

「これは何のまねだ？」

口元や金髪から、バルト子爵だと気づいたリュシアンは低い声で問う。何か情報を得られるかもしれないと思い仕方なく来たが、子爵の意図が全く読めない。あんなことがあった後だ。罠《わな》の可能性もある。念のため懐《ふところ》に銃を隠し、ブノアを外に潜ませているが。

警戒心をみなぎらせていると、バルト子爵は屈託のない笑みを浮かべて答えた。

「見ればわかるだろう？　仮装パーティだよ。外出は控えているけれど、呼ぶ分には問題ないと思ってね。皆、秘密を厳守してくれる親しい友人たちさ。君は少し違うけれど」

「少し違う？」

「またまた、忘れたとは言わせないよ。昨夜のこと」

含みありげな視線を向けられ、リュシアンはドキリとして尋ねる。

「覚えているのか？」

王太后にまつわる情報を引き出そうとし、あまつさえ失神させたことを。

「もちろん、あの熱い一夜を忘れるはずがないだろう？」

――熱い一夜？　昨日の夜は比較的寒かったと記憶しているが。

自らの顎《あご》を押さえるリュシアンに、バルト子爵は陶然とした表情で語り出した。

「電撃的なピアノと甘いマスクに落とされた私は君を寝室に誘い、その後私たちは……。まあ、一部記憶がないのだけど。あまりの快感に思考が飛んでしまったのかな」

――待て待て。おおむねそのような流れだったが、誤解を招く言い方をするな。

リュシアンは心の中で彼をなじり、推察する。この都合のいい解釈。もしかして――。

「覚えていないのか？」

話した内容も、気絶させられたことも、重要な部分は全て。

「いやいや、忘れるはずないじゃないか！　私たちの初めての夜を。王太后様のことを君に説明したところまではちゃんと覚えている。その後、私は脳天に一撃を浴びるような快楽を味わい……って、あれ？」

途中で記憶があやふやなことに気づいたのか、バルト子爵は不思議そうに首を傾げた。

味わったのは快楽ではなくて痛覚だ。リディの回し蹴りによる。

声を大にして主張したい気持ちを抑え、リュシアンはただ溜息をつく。

「まあ、気づいたらベッドの上で目を覚ましたわけだけど、問題はない。私たちは身も心も一つに結ばれた秘密の恋人さ」

どこをどう発展させればそのような関係になるのだ。独《ひと》り合点《がてん》にもほどがある。

リュシアンは頭痛を覚え、こらえるように額を押さえた。突飛すぎるこの言動。昨日は酔っていたのだと思っていたが、標準仕様だったのか。

「旦那《だんな》様」

帰る決意を固めていると、広間の入り口からやってきたメイドが子爵に声をかけた。

「例の方がいらっしゃいました。とりあえず応接間にお通しいたしましたが」

一瞬、子爵の眉が痙攣し、強《こわ》ばった顔つきになる。

「また？　仕方がないな、あの人は。わかった、行ってくるよ」

子爵は面倒くさそうに答え、リュシアンには笑顔でこう告げた。

「ラファエル、君はパーティを楽しんでいて。後で私がたっぷり相手をしてあげるから」

最後に耳元でささやきかけられ、リュシアンは皮膚を粟立《あわだ》たせる。拒絶の言葉が口を突いて出そうになったが、どうにか呑《の》み込《こ》んだ。直感が働き、告げている。バルト子爵が一瞬だけ見せた含みありげな表情。あれはきっと何かある、と。

招待状さえあれば入れるこの邸で、会場の広間ではなく応接間に通された人物だ。もしかしたら、子爵に王太后との関わりについて口止めした黒幕かもしれない。

リュシアンは密《ひそ》かにバルト子爵の後を追った。仮装に身を包んだ招待客たちをかわし、広間から玄関ホールへ抜け、柱の陰に隠れながら廊下を西へと進んでいく。

バルト子爵は突き当たりの部屋の前で足を止めた。そして、扉を二度ノックして室内へと足を踏み入れる。

まさか一緒に入っていくわけにもいかず、リュシアンは部屋の前で立ち止まった。

壁は厚く、近くにいても室内の会話までは聞き取れそうにない。

仕方なくリュシアンは怪しまれないよう玄関ホールへ引き返し、目立たない場所で子爵たちが出てくるのを待った。今、西側の廊下には誰もいない。話が終わればきっと通された人物も子爵と一緒に応接間から出てくるはず。部屋が見える場所に立ち、退室してきたところを押さえよう。来訪者の顔だけでも確認するのだ。

それほど間を置かずに、バルト子爵が部屋から出てきた。来訪者はまだ姿を見せない。子爵が近づいてきたため、リュシアンは柱の陰に隠れ、彼が通り過ぎるのを待った。そして、子爵が広間に入っていく姿を見届け、再び西の部屋が見える場所へ戻る。

廊下には誰の姿もない。

まだか、と溜息をついたその時、応接間の扉がゆっくり開いた。フードつきの黒い衣装をまとった誰かが部屋を出てこちらへと近づいてくる。遠くから見た印象はまるで魔女。フードを目深に被っているため、離れた場所からでは顔を把握することができない。

リュシアンは再び柱の陰に隠れた。玄関ホールにいた招待客が訝《いぶか》しげに見てきたが、他人のことを気にしている余裕はない。何としても来訪者の正体だけは突き止めなくては。

フードを被った例の人物が玄関ホールに姿を現す。

リュシアンは柱から半歩前へ出て、その人物の顔をのぞき見た。

次の瞬間、リュシアンの目は極限まで見開かれる。

「……なっ」

驚きのあまり、思わず口から乾いた声が飛び出してしまった。

フードからこぼれた髪の色は褐色がかった黒。結い上げずに下ろしていて、いつもと髪型が違う。だが、性悪さがにじみ出た顔立ちは見間違えようもなかった。

――イザベル。

リュシアンは柱の陰から彼女の顔を眺め、心の中でつぶやく。

なぜイザベルがバルト子爵の元を訪ねたのだろう。

まさか、彼女が一連の事件の黒幕なのだろうか。

声をかけて問いつめたところで、自分を憎んでいる彼女が話してくれるとは思えない。騒ぎ立てられ、バルト子爵にこちらの目的を悟られてしまうのがオチだ。

邸から出ていくイザベルの後ろ姿を見送り、リュシアンは周囲を見回した。

そして、盆を手に応接間へと向かっていく若い女性の姿を発見する。バルト子爵にイザベルの来訪を伝えにきたメイドだ。

リュシアンは彼女の後を追い、応接間の前で声をかけた。

「君、先ほどここへ案内した女性について聞きたいのだが。何をしに訪ねてきた？」

あけすけな質問に、メイドはきょとんとした顔で振り返る。

リュシアンはもう必死で、体面など気にしてはいられない。

「頼む、教えてくれ」

仮面を外し真剣な顔で訴えると、メイドは頰を真っ赤に染め、陶酔した表情で答えた。

「あの女性が何者なのかは存じ上げないのですが、最近になってよく旦那様を訪ねてくるようになったのです。どうもお金を要求しにきているようでして」

「……お金を要求、だと？」

リュシアンは瞠目してつぶやいた。結婚時から借金をしていたというイザベルは離婚によって返済能力も失い、かなり金に困っていると聞く。子爵と知り合いなら、無心しにくるのも納得できる話だ。ただ、彼らにはいったいどんな繋がりがあるのだろう。

「他に何か知らないか？　ちょっとした情報でもいい」

リュシアンは真相を探るべく更に顔を近づけて問う。

のけぞりそうになるメイドだったが、何とか期待に応えようと考え込んで口を開いた。

「そういえば、半月近く前、クリストフ様がこちらにお見えになったのですが、その時、あの女性と鉢合わせし、何やら話をしておりました。おそらく、クリストフ様にも無心していたのではないかと」

「……クリスにも無心？　二人は知り合いなのか？」

「え、ええ。あの様子からすると、おそらく」

リュシアンはしばらくの間目を見開き、これまでのことを振り返った。

バルト子爵とイザベル、彼女とクリスの関係性。お金をせびることができる間柄。ちょっとした知り合いではない。彼らにはきっと、もっと深い何かが――。

「感謝する」

リュシアンは礼を言い、玄関に向かって歩き出す。とてつもなく嫌な予感がした。

自分とノエルを取り巻く数多くの謎。クリスを襲撃するよう指示した真犯人、そしてバルト子爵に口止めした黒幕は誰なのか。王太后と子爵はどうして愛人関係だと噂されていたのか。なぜ王太后がリュシアンの秘密を知っていたのか。

出生の秘密を把握しているのは、叔父を始めとする限られた親族と使用人、後はノエルだけのはず。数日前、黙っていてやると放言していたが、一番秘密をもらした可能性があるのはイザベルだ。その彼女がバルト子爵とクリスにお金をせびりにきた。

昔、娼館に勤めていたという子爵。ずっと母親がいなかったというクリス。

――まさか。

その瞬間、リュシアンの頭の中で全ての糸が繋がった。

嫌な予感が確信に変わり、リュシアンの体を突き動かす。

感情の赴くままに走った。玄関を通り過ぎ、門の外へ。

「旦那！　今イザベルがここを通りましたが、どうします？　後を追いましょうか？」

門を出ると、外に潜ませていたブノアが声をかけてきた。

「いや、彼女は後回しでいい。先に向かわなければならない場所がある。行くぞ！」

このまま真犯人を野放しにしていては、ノエルが危ない。

リュシアンは邪魔な帽子とマントを脱ぎ捨て、目的の場所へと駆け出した。

貴族たちの壮麗な邸宅が建ち並ぶレミュー北西。

急勾配《きゅうこうばい》の屋根を載せた煉瓦《れんが》造りの邸宅に向かい、四頭立ての馬車が駆けていく。

クリスの邸に辿りついた頃には、日がだいぶ低い位置まで下降していた。

使用人たちの出迎えを受けたノエルは初老の執事に案内され、クリスの寝室へ向かう。

部屋の前で声をかけ、扉を開けると、ベッドに横たわっていたクリスが目を覚ました。

「あれ？　姫⁉　よく来てくれたね！　って、あいたたた」

上体を起こしたクリスは、すぐ痛みに顔をゆがめて前のめりになる。

「大丈夫ですか、クリスさん⁉」

ノエルは直ちにベッドへと駆け寄っていき、彼の体を気遣った。

「あ、ああ、平気。油断すると傷口のことを忘れてしまうんだ。まあ、それだけよくなっている証拠だよ。がんばれば歩くこともできるんだ」

「そうでしたか。思っていたよりも元気そうでよかったです」

ノエルの口から安堵の吐息と笑みがこぼれる。

「それより、突然どうしたの？　怪我人の家を訪れる理由は一つしかないと思うけど」

「はい、もちろんあなたのお見舞いです。それと、お話しできそうであれば、訊きたいことがありまして」

「訊きたいこと？」

ノエルは面もちを改めて頷き、率直に尋ねた。

「ちょっと気になる話を聞きまして、確認したいのですが。クリスさん、あなたのお父様と私の祖母は愛人関係なんですよね？　それで、お父様は権力を手に入れるための道具としてあなたを利用しようとしていると」

「そうだよ。王太后様は父を側に置き、確固たる権力を築くため、父はその甘い汁を吸うために僕を王女の伴侶にしようとした。僕には彼らに従う気はさらさらないんだけどね」

クリスは以前話してくれた言葉を簡潔にまとめ、肩をすくめてみせた。

「わかりました。僕が確認したかったのはそれだけです」

ノエルはニコリと笑い、唐突に要求する。

「クリスさん、少しの間目を閉じてもらってもいいですか？」

「え、何？　もしかして、見舞いの品？　僕に何か贈り物でもあるのかな？」

「ふふ、とにかく目をつむってください。いいと言うまで開けちゃだめですよ？」

「え～、何だろう。ちょっとドキドキしてきたな」

クリスは楽しそうに言って、ゆっくり瞼を伏せた。次の瞬間――。

ジョキン！

布を裂く金属音が部屋の空気をかすかに震わせる。

「すみません。まだ確認してないことがありましたね。傷の具合が知りたかったんです」

ローブの袖《そで》に隠していたハサミでクリスのシャツを裂いたノエルは、腹部に巻かれていた包帯をも切り裂いた。そして――。

「クリスさん、これはいったいどういうことなのでしょう？」

あらわになった肌を見て質問する。深い傷を負っていると言われていた彼の脇腹。

そこには、一筋の薄い線しか残っていなかった。そう、ただのかすり傷。

「……どうして……？」

「質問しているのは僕の方ですよ。まあ、いいでしょう。教えてあげます。さっき言ったでしょう？　気になる話を聞いたって。あれ、祖母とバルト子爵にはほとんど関わりがないという情報だったんですよ。おかしいですよね。クリスさんの話と矛盾してます」

呆然と目を見開くクリスに、ノエルは鋭い顔つきで指摘した。

「仕入れた話は僕が最も信頼している人に調べてもらった確かな情報です。だから、僕は考えた。祖母と繋がっているのはバルト子爵でなく、息子のあなたなんじゃないかって。祖母はあなたをこれでもかというほど推《お》してましたし。僕の中でヨハン殿下が襲撃事件の黒幕であるとは考えられませんでした。ならば、真犯人は祖母かあなただ。祖母に訊いても答えてくれるはずはないから、あなたに確認しました。こうやってね」

レナルドから情報を聞いた瞬間よぎったクリスへの疑惑。それが今、確信に変わる。

「自作自演だったんですね。たぶん、あなたは殿下の侍従を買収し、町のごろつきに命令して自分を襲わせた。腹部に、深い傷はつかないように。そして、二人を使って殿下に不実の罪を着せたんです。僕はあなたを信じ、すっかり騙《だま》された。あなたに王配になる気は全くないと思っていたし、野望を抱いているのはバルト子爵だと思い込まされていたから。なぜなんですか、クリスさん。どうしてこんなこと……」

ノエルは信じられない思いでクリスの顔を凝視した。

「……残念だよ。君とは仲よくやっていきたかったのに。だから、こんな回りくどい手を使ったんじゃないか。僕を完全に味方だと思い込ませるために、協力するふりをしてさ」

クリスは口元に不敵な笑みを刷《は》き、ついに内情を暴露する。

「君の言う通りだよ。僕は王太后様と陰で繋がり、一連の事件を企てた。疑われないようにするため、王太后の愛人はバルト子爵だという噂を流し、父を隠《かく》れ蓑《みの》にしたんだ。お金を渡したら、あの人は簡単に言うことを聞いてくれたよ。まったく浅ましい父親さ」

クリスの双眸《そうぼう》が侮蔑《ぶべつ》の色をまとい、野心の強さを窺《うかが》わせる鋭い光を放った。

「僕はどうしても王配になりたかったんだ。一番邪魔なのはリュシアンだった。彼の秘密を王太后様に流し、リュシアンについてはすぐに解決。出生の秘密を盾に脅せば、君は絶対に言うことを聞くと思っていたから。彼は何よりも大切な存在みたいだからね」

「……どうして、あなたが公爵様の秘密を……？」

「さあ、なぜだろうね？」

声を震わせて紡いだノエルの質問にクリスは答えず、話を続ける。

「次の標的はヨハン王子だ。君の言う通り、大方の問題は金で解決した。町のごろつきと王子の侍従を買収して。ああ、この傷の診断書を書いた医者とかもね。後は王太后様がうまい流れを作ってくれた。もう少しで王子を失脚に追い込めたのに、だめじゃないか、姫。僕や父のことを調べたら。自分の首を絞めるだけだよ？」

ノエルは彼の微笑に不気味なものを感じながらも、真っ向から要求する。

「クリスさん、自首してください。ヨハン殿下に判決が下る前なら、そこまで重い罪にはならないはずです。今ならまだ——」

「どうして？　嫌だよ。せっかくここまでうまく計画が進んでいたのに」

「クリスさん！」

「君、一つ重要なことを忘れてない？　僕がリュシアンの秘密を握ってるってこと」

含みありげな視線を受け、ノエルの目は大きく見開かれた。

「あなたまで僕を脅すんですか？」

「本当はこんなことしたくなかったんだよ？　言っただろう？　君とは仲よくやっていきたかったって。これから僕たちは伴侶になるのだから。僕の後ろ暗い部分を知らなければ、そのうちリュシアンのことなんか忘れて、幸せに暮らせたかもしれないのに」

バカなことをしてくれたものだと、クリスは嘲《あざけ》るように唇をゆがめる。

「公爵様の秘密をバラされたくなければ、僕に黙っていろと、あなたを伴侶に選べということですね？」

「さすが、ここまで突き止めただけのことはあるね。なかなかの洞察力だ」

「僕が断ったら？」

「残念だけど、リュシアンとは永遠に別れることになるね。僕は彼の秘密を裏づける証拠も握っている。さて、どうする？　君は彼を守りたいのだろう？」

脅しの言葉と問いを向けられ、ノエルは悔やむように瞼を伏せた。

断ればクリスは容赦なくリュシアンの秘密を国に訴えるだろう。自作自演の襲撃事件を企てるような男だ。リュシアンの求婚を断ってまで守ろうとした秘密が周囲に知れ渡ってしまう。リュシアンは罪人として重い十字架を背負って生きなければならなくなるのだ。

「……わかりました。あなたの言う通りにします」

ノエルは瞼を固く閉じたまま答え、拳《こぶし》を握りしめた。

「そう言ってくれると思ったよ。じゃあ、さっそくだけど王宮に向かおうか。陛下や重臣たちの前で、僕を伴侶にしたいって宣言するんだ。ちょうど今、国政の方針を決める定例議会が開かれている。これから向かえば、終わる頃には辿りつくだろう。王太后様にも後押ししてもらって、できれば陛下から結婚の許しをもらいたい。ヨハン王子の印象が地に落ちている今なら、きっと認めてくれるはずだから」

目を開けて薄い傷跡を見下ろしたノエルに、クリスは笑って告げる。

「怪我については心配しないで。うまく装うから。このことは絶対誰にも言っちゃだめだよ。わかっているね？」

再度の脅しにノエルは応えず、ただ顔をしかめた。

「じゃあ、外で待っていてもらえる？　着替えたらすぐ君が乗ってきた馬車で向かおう」

なぜこんな男を信用してしまったのだろう。彼は祖母の弱みを握るつもりなど欠片《かけら》もなく、ノエルがヨハンをあきらめさせるために奔走していた姿をあざ笑って見ていたのだ。

罪を突きつければ自首してくれると思った自分の甘さが口惜《くちお》しい。

ノエルはクリスと馬車に乗ってからもずっと無言で唇を噛《か》みしめていた。


少年期の苦い思い出が脳裏を駆け巡る。

『なぜあの意地悪な女を母と呼ばなければならないのです？　私の母親はあなたなのに』

それはイザベルからひどい嫌がらせを受け、母に恨み言をこぼしていた時の記憶。

『もう嫌だ、あんな女！　逃げましょう！　私はあなたさえいてくれたらいい』

あの日、自分は母と一緒にイザベルのいる邸から逃亡することを決意したのだ。

ずっと重かった。義理の母や姉、押しつけられた偽りの立場が。いずれ継がなければならない家のことが。全てを捨てて逃げたかった。本当の母がいてくれたらそれでいい。

逃亡後の生活は思っていたよりもずっと快適で、羽が生えたように体が軽かった。結局捕まって、また鳥かごの中に戻されてしまったけれど。

自分を縛っている秘密はとても重い。すでにノエルの重荷にもなっている。この秘密がある限り、彼女はきっと自分を守るために己の意思を曲げ続けることになるだろう。

切り離そうとすれば、全てを失うことになる。でも、それで本当の自分を取り戻せるなら。しがらみを断ちきり、彼女が自由になれるのなら――。

「おい、ルミエール男爵に会わせてくれ！」

クリスの邸へと駆けていたリュシアンは、門に辿りつくや、大声で門番に掛け合った。

両腕を掴まれた門番は、突然の来訪者に驚いた顔をして返答する。

「あなたはフォール公爵。申し訳ございません。旦那様は今しがた出かけられました」

「出かけた？　こんな時にいったいどこへ？」

「実は、少し前に王女様がお見舞いに訪ねてこられたのです。殿下とご一緒の馬車で出かけられたということは、王宮に向かわれたのだと思います」

リュシアンの心臓は居心地の悪い音を立てて跳ねた。

「……ノエルと一緒だと……？」

「旦那！」

後を追ってきていたブノアに呼びかけられたリュシアンは、ハッと我に返る。今は放心している場合ではない。二人で王宮へ向かったということは、きっと双方が秘密を知ったのだ。ノエルは事件の真相を確かめるためにクリスの元へ赴き、罪を暴かれ開き直ったクリスは彼女を脅して王宮へ。その後、彼がやろうとしていることは、おそらく――。

「今から王宮へ向かう。行くぞ！」

クリスの意図を悟ったリュシアンは再び走り出す。

「え？　でも、門へ入るのに必要な旦那の通行証は、無効にされてるんですよね？　このまま行っても追い返されますよ？」

ブノアの忠告に耳も貸さず、北へと駆けていたその時――。

「リュシアン？」

どこからか名前を呼ばれた気がしてリュシアンは足を止めた。

「こんな場所で何をしている、リュシアン！」

すぐ脇を通り過ぎ、その先で止まった馬車から男性の声が響く。

「叔父上!?」

声が聞こえた車輿《しゃよ》にはエリックが乗っていて、驚いた表情でこちらを眺めていた。

「いや、ちょうどよかったぞ。これからお前の様子を見に邸へ向かおうとしていたのだ。外へ出ているということは、元気にはなったのだな？　とりあえず安心――」

「叔父上、お願いします。私を王宮へ連れていってください！」

リュシアンはエリックの近くまで駆け寄っていき、出し抜けに要求した。叔父は議会に参加する権利を持つ評議員だ。彼の通行証があれば、検問を受けることなく王宮の内部まで進入することができるはず。

「なぜお前が王宮へ向かう必要がある？」

エリックが訝しげに眉をひそめて訊いてくる。

リュシアンは少しの間瞑目《めいもく》した後、叔父の双眸をまっすぐ見て答えた。

「叔父上、私は全ての権利を放棄します」

エリックの目が怒りの色を帯びて見開かれる。

「リュシアン、お前まだそんなバカなことを！　いいか？　お前は今、ノエリアを失い自暴自棄になっているだけだ。もう少し時間を置き、落ちついて考えれば——」

「いいえ、違います、叔父上。私は自暴自棄になっているわけでも、現実から目を背けているわけでもありません。全てを捨ててでも手に入れたいものがある！　だからだ！」

リュシアンは徐々に感情をあらわにしていき、叫ぶように言い募った。

「叔父上、私はずっと家のことが重荷でした。継ぎたくもないのに嫡子の座を押しつけられ、己を偽り生きてきた。出生も、真《まこと》の心も。本当の母親を母とは呼べず、偽の家族には虐げられ、暗い鳥かごの中で生きることを強《し》いられていたのです。そんな私を救ってくれたのが彼女でした」

リュシアンの脳裏に一人の女性の姿が映し出される。彼女にはどれだけ助けられたかしれない。イザベルの呪縛《じゅばく》を断ちきり、生きる希望を取り戻してくれた。隠された父の思いを伝えてくれたのも彼女だ。そして、愛する心を教えてくれたかけがえのない存在。

「叔父上、私は非常にわがままで不器用な人間です。とても多くの領民を幸せにはできそうもありません。たった一人に愛情を注ぐことしかできないから。領主の仕事は荷が重く、向いていない。ですが、見つけたのです。こんな私にもやれそうなことを」

ノエルがいなければ気づくことはできなかっただろう。彼女はまた与えてくれたのだ。希望、そして人生をかけて打ち込めそうな夢を。

「責任から逃げているのだと思われても仕方ありません。私が捨てようとしているものはとてつもなく多く、重い。それでも私は求めたい。本当の幸せを摑むために！　だから叔父上、どうか不肖の甥《おい》の願いを聞き入れてはいただけないでしょうか？」

リュシアンは胸に手を当てて乞《こ》い、叔父に向かって深く頭《こうべ》を垂れた。

暮れなずむ北部街の一角に、束《つか》の間《ま》、粛然とした空気が充満する。

ずっと険しい表情で押し黙っていたエリックだったが、深い溜息をつき、口を開いた。

「兄上はあのようなご遺言を書かれ、お前が後継者となることを期待されていた。だが、実は亡くなる前、私に話されていたことがある。息子が自らの意思で決めたことがあれば背中を押してやってほしいと。たとえ世間的に愚かだと思われるような決断であったとしてもだ。兄上はこうなることを予見されていたのかもしれないな」

エリックは思いを馳せるように瞑目してから、リュシアンに渋い顔をして言い渡す。

「乗るがいい。女のために全てを捨てようとする男に一族のことは任せられん。お前など王宮に叩き出してやる！」

リュシアンは叱《しか》られた子供のように目を見開いた。これまではあまり似ていないと感じていたが、彼は父の弟なのだと思う。二人ともなかなか素直に本音を伝えてくれない。でも、今ならわかる。厳しい態度を見せながらも、自分を思ってくれているのだと。

「ありがとうございます、叔父上」

リュシアンは礼を述べ、初めて叔父に笑顔と言える穏やかな表情を見せたのだった。


国王の城館北の棟。国で最も権威ある女性の部屋から、喜びに満ちた声が上がる。

「そうですか！　よく決断してくれたわね、ノエル」

クリスからここへ至るまでの経緯を聞いた王太后は、朗《ほが》らかな表情で孫娘の顔を見た。その話を聞いて笑顔になれる祖母の気持ちが全く理解できない。

「おばあ様、なぜです？　どうしてこんなひどい計画に荷担するようなことを！」

ずっと押し黙っていたノエルは、ついに苛立ちを抑えきれず、祖母を問いつめた。

「姫、王太后様を悪く思ってはいけないよ。リュシアンの秘密を教えて、それとなく君を脅すように言ったのは僕だ。彼女は罪に問われるようなことは何もしていない。ただ僕を王配候補として推してくれていただけなんだ。僕の願いに応じてね」

「だから、どうしてなんですか、おばあ様！　なぜこんな卑劣な男性の手先に――」

「卑劣な男性？　誰であろうと彼を悪く言うことは許さないわ!!」

クリスを非難した瞬間、王太后は鋭く顔つきを変え、怒りをあらわに言い放った。

あまりの剣幕に、興奮していたノエルも言葉を失ってしまう。

部屋が静謐《せいひつ》さで満ちたのも束の間――。

「さあ、行きましょうか、ノエル。陛下には私からうまく言ってあげますからね」

王太后はまたもや表情を一変させ、笑顔で部屋の外へと促した。

ノエルは強い抵抗を覚えながらも祖母に手を引かれ、廊下へと連れ出されていく。

祖母に対する疑念と嫌悪感が胸の中で渦巻き、息が詰まりそうだった。

なぜなのか。一言クリスを非難しただけで激怒し、彼に従おうとする理由は。

彼女はきっと答えない。直感が告げていた。ノエルがリュシアンの秘密を守ろうとしているのと同じように、祖母にも守りたい何かがあるのではないかと。

結局何も訊くことができず、ノエルたちは城館の西側にある閣議の間まで辿りついた。

「陛下、失礼しても？」

王太后が部屋の外から上機嫌な声で伺いを立てる。

「母上？　どうぞお入りください」

中から響いたニコラの声に応じ、王太后は静かに扉を開いた。

ノエルは部屋の外から室内の様子を窺う。広さはノエルの居室の約三倍。かなりの人数を収容できる、広間と言ってもいい部屋だ。中央には大きな円卓が置かれ、三十代から六十歳くらいまでの紳士が十名、席についている。そこに顔を並べているのは、国政の中枢を担うルドワールの大臣たち。北側の上座にいるのは、国王である父ニコラだ。

「ちょうど今、議会が終わったところだったのです。問題が山積していたため、長引いてしまい……おや、ノエルに、ルミエール男爵も？　怪我は大丈夫なのですか？」

王太后の後方にノエルたちの姿を発見するや、ニコラはクリスに向かって尋ねた。

「ご心配をおかけし、申し訳ございません。幸い、こうやって動けるまで回復いたしました。王女殿下にはお見舞いをいただきまして、ご心労をおかけした陛下や皆様方にも、私は大丈夫であることをお伝えしたいと思い、馳せ参じた次第にございます」

クリスはわずかに頭を垂れ、かしこまった態度で返答する。

「殊勝な心がけですね。未来の王配としてふさわしい人柄ではありませんか。ですが、ルミエール男爵、それだけですか？　もう一つ報告したいことがあったのでは？」

王太后はクリスを褒めそやし、白々しく質問した。

「はい。僭越《せんえつ》ながらわたくし、見舞いに訪れてくださった殿下に、我が邸にて求婚させていただきました。殿下も快く受け入れてくださり」

クリスの報告に、ニコラと大臣たちは一様に目を丸くする。

「実にめでたい話ではありませんか。最近この国には暗い話題ばかりだったでしょう？　私もその報告を聞き、喜び勇んでここへ来たのです。早く陛下にもお知らせしたくて。さあノエル、いつまでもそんな場所に立っていないで、あなたからも陛下にご挨拶なさい」

入り口にいたノエルは王太后に手を引かれ、クリスと共にニコラの近くまで誘われた。

王太后の言葉など耳に入っていないのか、ニコラは瞠目したまま娘の顔を見つめる。

「本当なのですか、ノエル？」

父親に問いかけられたノエルは、すぐに返事をすることができず、瞼を伏せた。

大声で違うと言ってクリスの罪を突きつけたい。でも、本当のことを話せば、彼はリュシアンの秘密を告発するだろう。リュシアンは重い裁きを受け、全てを失ってしまう。彼とはきっと二度と会うことはできない。そんなこと……。

想像するだけで胸がつぶれそうになり、痛みと悔しさに拳を握りしめたその時――。

「ノエル！」

嫌な考えを払いのけるかのように、部屋の入り口から声が響いた。

それと同時に扉が開き、黒い衣装を身にまとった男性が閣議の間へと姿を現す。

何が起こったのかわからず、ノエルは目を瞬いて入り口に注目した。

「あなたは、フォール公爵！　いったいなぜこの場に……？」

ニコラがリュシアンに驚愕《きょうがく》の表情を向けて問う。

ノエルはもはやこれが夢か現実なのかもわからなくなっていた。

彼は王宮への出入りを禁止されていたはず。それなのに、どうして……。

困惑するノエルを一度だけ見やり、リュシアンはニコラに頭を垂れて申し出た。

「許可も得ず再度御前に参りましたこと、お許しください。どうしても、皆様に聞いていただきたい話があったのです」

「……聞いてもらいたい話？」

「はい。まずは先だって起きたルミエール男爵の襲撃事件について。あの事件のからくりは実に単純明快です。真犯人は金で買収した暴漢とヨハン殿下の侍従に命じ、偽りの証言をさせた。殿下に不実の罪を被せたのです。王配候補を蹴落《けお》とすために」

ニコラは目を見開き、ゴクリと喉《のど》を鳴らして尋ねる。

「その真犯人とは誰なのですか？」

リュシアンはノエルの隣を指さし、鋭い口調で答えた。

「ルミエール男爵、襲われた彼自身。つまり、あの事件は男爵の自作自演だったのです」

閣議の間が一瞬にして大臣たちのざわめきで包まれる。

「言いがかりです！　どこにそのような証拠があるというの⁉」

すぐに王太后が声を上げ、リュシアンの陳述に意見した。

「そうですね。実行犯も侍従もあなた方の手の内だ。でも、彼の診断書を書いた医者と取り調べた役人は、捜せば捕らえて尋問することができるでしょう。いや、尋問するまでもないか。その男の傷を今この場で検《あらた》めればいいのだから」

今度はクリスの腹部を指さし、リュシアンはかすかな微笑を浮かべて指摘する。

「些細《ささい》な事実でもなくては怪しまれる。けれども、自らそんな深い傷は負いたくない。きっと薄くついているはずだ。暴漢に命じて作った傷が」

その瞬間、王太后とクリスの顔から一気に血の気が引いた。

「他にもまだありますよ。王女への脅迫罪。この場に彼女を連れてきたということは、脅迫が成功したのでしょう。おそらく、男爵は言ったのではありませんか？　王女に求婚して受け入れられたと」

直ちに王太后が反駁《はんばく》する。

「それのどこが脅迫に当たるというの？　二人は思いを通い合わせて結婚の決断を下したまで。脅迫という疑惑こそ何の根拠も――」

「彼女は私を愛しているからだ！　脅迫でもされなければ、あなたやそんな男の言いなりになるはずがない！」

リュシアンは王太后の言葉を遮断し、憤りをあらわに言い放った。

彼の剣幕にビクリと体を震わせた重臣たちだったが、法務大臣だけはすぐに面もちを正し、ニコラに進言する。

「陛下、今の話は完全な感情論です。証拠がない限り、男爵の脅迫罪に関しては」

「いいえ、確認する方法はあります」

ニコラは首を横に振り、六歩分ほどの距離に立つ娘へと視線を移した。

「ノエル、フォール公爵が言った話は本当なのですか？」

ノエルは見開いていた目を更に大きくする。そうだ。ここでノエルが正直に答えれば、クリスの脅迫罪を暴くことができる。ただ――。

「姫、わかっているよね？」

隣にいたクリスがノエルにしか聞こえない小声でささやきかけてくる。

不可能だった。彼がリュシアンの秘密を握っている限り、本当のことなど言えない。

「陛下、個人的なことで恐縮なのですが、もう一つお話ししたいことがあります」

答えることができず俯《うつむ》いていると、リュシアンが流れを変えるかのように願い出た。

「いいでしょう。話しなさい」

娘からは何も引き出せないと察したのか、ニコラはすぐに許可を出す。

「私は先だって亡くなったペリエ公爵の嫡子ではありません。よって、私に与えられるはずだった権利を放棄します。正統な相続者である叔父に引き継がせていただければと。今、手にしている財産は全て国に。そのことで酌量の余地を賜りたく」

リュシアンは重大な秘密をさらりと告白し、膝《ひざ》を折って懇願した。

「あなたは全てを捨てるというのですか⁉　いったい何のために……？」

ニコラは理解できないといった顔をして、発言の真意を問う。

「王女殿下の重荷をなくすため。それと、自分自身のためです。私もずっとこの秘密が重かった。本当は声を大にして言いたかったのだ。だから今、言わせていただきたい」

リュシアンは毅然《きぜん》として立ち上がり、胸に手を当てて告げた。

「私の父親は亡きペリエ公爵オーギュスト・ルーヴィエ。母親はアリア・パストゥール。私は二人の息子であることを誇りに思っています」

淡いブルーの双眸は湖のように澄み渡り、一切の迷いもない。

彼は口元に穏やかな微笑さえ浮かべ、衆人に偽りのない姿と心をさらしたのだった。

ノエルの目から自然に涙がこぼれ落ちる。

彼は自ら捨ててしまった。地位も財産も輝かしい出自さえ。全てと引き替えにして本当の自分を手に入れ、ノエルを縛っていた枷《かせ》も断ちきってくれたのだ。

彼の勇気ある行動に対し、自分ができること。

「お父様、私からよろしいでしょうか？」

ノエルは涙を拭《ぬぐ》い、ニコラの目を見て申し出る。

「話しなさい、ノエル」

重い口を開いた娘に、ニコラはすぐさま発言を促した。

「フォール公爵が言った話は本当です。私はルミエール男爵に脅されていました。公爵の出生の秘密を盾に結婚を強要されていたのです」

静まり返っていた大臣たちの席に再度ざわめきが広がる。

「それと、襲撃事件の真犯人がルミエール男爵だという話も本当です。あれは全部彼の自作自演。私は男爵の腹部に薄い傷跡しかないのをこの目で見ました！」

ノエルは胸に手を当て、声高らかに証言した。

「ノエル⁉　あなたまで何を……！」

「おばあ様、私にはもうどんな脅しも通用しません。ただ一つ怖いものがあるとすれば、それはフォール公爵を失うことだけ」

ノエルの瞼がゆっくりと伏せられていく。リュシアンは自ら秘密を打ち明けてしまった。もう彼を完全には守れない。ならば、彼と共に生きるため自分にできることは――。

「私からも皆さんに告白したいことがあります。私もずっと自らを偽って生きてきました。性別を詐称し、女にはなることができない画家を営んでいた時期もあった。これは犯罪です。フォール公爵と一緒に私も罪に問われるべきでしょう」

「ノエル⁉　なぜ今そんなことを……！」

真っ先にニコラが咎《とが》めるように声を上げる。

父はこの秘密が外部にもれないよう細心の注意を払ってきた。それをノエルが自ら暴露してしまったのだから、慌てるのも無理はない。

「お父様、私もいらないんです。王女の地位も、将来与えられる予定だった女王の座も。ただ一つあればいい。私も彼さえ手元に残るのなら全てを捨てられる」

狼狽する父親を静かに見つめ、ノエルは不思議なほど穏やかな気持ちで告げた。

「責任を放棄してしまってごめんなさい。でも、大丈夫です、お父様。ヨハン殿下は素晴らしい信念を持った立派な方。きっと私が王位に就《つ》くよりずっと素敵な国を築いてくれるでしょう。彼になら私よりももっとふさわしい女性が見つかるはずです。でもね、僕には見つけられないの。公爵様しかいない。彼もまた僕じゃなければだめなんです」

どんどん自然な感情が体の内側から外へとほとばしっていく。

ふいに舞踏会の記憶が脳裏をよぎった。リュシアンがノエルへの愛を伝え、ニコラが気持ちを確かめてきた、甘く苦い夜の——。

「あの時の返事をさせてください、お父さん」

舞踏会の夜、答えられなかった言葉を父に。周りの人々に。そして、最愛の人に、今。

「僕も公爵様のことを心の底から愛しています」

ノエルは父親の目を見て告白し、最後にリュシアンの顔を見つめたのだった。

世界から音が奪われたかのような静けさに閣議の間は包まれる。

誰も息さえもらさず、見つめ合う若い二人に視線を据えていた。まるで比類なき名画を鑑賞しているかのごとく。耽美的《たんび》で森厳な空気が部屋を満たし、時の流れを止める。

しかし、それも十秒あまりのこと――。

「……フフフ、ハハハ！」

突如笑い声が上がり、あまやかな空気は一瞬にしてかき消される。

「美しい愛だね。反吐《へど》が出るよ！」

男性の声が響き渡るや、ノエルのこめかみに固い何かが触れた。

それがクリスによって突きつけられた銃口なのだとわかり、ノエルは表情を凍りつかせる。どうやら万一に備え、懐に短銃を隠し持っていたようだ。

「僕が君たちの愛を終わらせてあげよう。僕ももうおしまいだ。ならば、最後は君への恨みを晴らさせてもらうよ、リュシアン」

ノエル以上に青ざめていたリュシアンは、クリスの言葉に片眉をつり上げる。

「……私への恨みだと？」

「身に覚えがないという顔だね。まあ、それも仕方ないか。理由もわからないのに最愛の人を殺されたんじゃ、たまったものではないだろうからね。教えてあげるよ」

クリスは一度話を切り、もったいぶるような間を挟んで告げた。

「僕の母親の名はイザベル・バルザック。そう、君を育てた義母だ」

リュシアンの眉間に深いしわが刻まれる。予測していたのか、彼の表情には驚きというより、苦渋の色が濃く表れていた。

「夫の公爵を愛していた母だったが、一切顧《かえり》みられることはなかった。だから、憂さ晴らしに愛人を作ったんだ。それが当時娼館で働いていた僕の父バルト子爵。父は母からもらった口止め料と養育費を元手に複数の娼館を経営し、瞬く間に財を築いた。何もしなくてもお金が入るようになった父は一気に堕落し、遊び暮らすように。僕のことは使用人に任せ、全く面倒を見ようとしなかった。僕は誰からの愛情も受けることなく育ったんだ」

嘲るような微笑を浮かべていたクリスの顔に、陰鬱《いんうつ》な影が差す。

「僕が十四歳になったある日、珍しく酔っぱらった母が邸を訪ねてきた。僕は訊いた。なぜ自分はこんな寂しい生活を送らなければならないのかと。そしたら母は答えたんだ。リュシアン、君のせいだと。リュシアンが生まれてこなければ、僕はペリエ公爵の嫡子として、母の愛に包まれながら栄光に満ちた人生を送ることができたんだ！」

淡々と過去を語っていたクリスだったが、ついにリュシアンへの憎悪をあらわにした。

「君がなぜすんなりペリエ公爵の嫡子として周囲に認められたかわかるかい？　公爵の正妻である母が僕を身ごもっていたからだよ。僕たちはほぼ同時期に生まれた。そう、僕は替え玉にされたんだ！　君は母の実子として認知され、いらなくなった僕はろくでなしの父の元へ送られた。君のせいで僕は捨てられたんだ！」

憤りに満ちたクリスの声がノエルの耳を貫き、体内へと侵入して胸を刺す。

リュシアンは何も悪くない。彼が生まれなかったとしても、クリスがペリエ公爵の嫡子になれるとは限らなかった。だが、彼がなぜリュシアンをそこまで憎むのか痛いほどに伝わってきて、ノエルは反論することもできず、ただ拳を握りしめていた。

狂気が見えるほど興奮していたクリスだったが、落ちつきを取り戻し、再び語り出す。

「僕は母の話を聞いて決意した。いずれ自分が手に入れるはずだったものを君から奪ってやろうと。君が持っているものは全て。地位も財産も与えられている愛も。そのために僕は君に近づいた。大学でも、卒業してからも、隙あらば奪い取ってやろうと思って。そして君が王女と恋仲であると知り、一連の計画を企てた。仕事先で拾った彼女を使ってね」

クリスの双眸が、少し離れた場所で放心している王太后を捉えた。

「都を追われた彼女は、頼った知人からひどい扱いを受けていた。だから、僕が優しく手を差し伸べてやったんだ。本来なら王太后の地位にある女性だと知って。バルザック一族の政権はそう長くは続かない。いずれ使えると踏んでね」

王太后は目を剝《む》き、震える声で問いを紡ぐ。

「あなたは純粋に私を愛していたのではないのですか？　自分が王配になればずっと王宮で一緒にいられる。王女とは飾り物の夫婦として過ごし、私だけを愛してくれると。本当に愛しているのは私だけだと言っていたではないですか！」

叫びをぶつけてくる王太后に、クリスは嘲笑《ちょうしょう》を浮かべてこう言った。

「あなたは本当にかわいい女性だね。そして、かわいそうな人だ。騙されていたとも知らずに、僕の言うことを忠実に守り、精一杯尽くした挙げ句、捨てられてしまうのだから」

王太后は失意に満ちた顔をして問いかける。

「あなたは私を利用していただけだというの？　私に誓ってくれた愛は偽りだったと？」

「そうですよ、王太后様」

力を失い床にくずおれる祖母の姿を、ノエルはただ呆然と眺めていた。

まさか、祖母と愛人関係にあったのはクリスだったなんて。ただならない何かがあることには気づいていたが、三十近くも年の離れた二人の間に情交があるとは思わなかった。

「さて、ここまで説明すれば皆、納得してくれただろう。そろそろ覚悟はいいかな、姫？　僕が奪い取る前にリュシアンは持っているものを全て捨ててしまった。君以外はね。王配の座と一緒に手に入れられたら最高だったんだけど、もはやそれも叶わない。だから、君にはここで死んでもらおう。リュシアンへの恨みを晴らすために」

話している間少しだけ離れていた銃口が、再びノエルのこめかみへと押し当てられる。

「待て！　君が恨んでいるのは私だろう？　私を殺せば済む話ではないか。彼女には何の恨みもないはずだ。私の頭を撃てばいい」

リュシアンはクリスを刺激しないように距離を保ったまま、青白い顔で要求した。

「王女である彼女を殺せば、君の名は謀反人として歴史に刻まれ、親族から使用人に至るまで罰を受けることになるぞ。何の罪もない人間まで巻き込みたくはないだろう？　銃口をこちらに向ければ、君と私だけの問題で済むはずだ。私を撃て」

「だめです、公爵様！」

身代わりを申し出られても全然うれしくない。

制止するノエルだったが、リュシアンはつらそうに眉をゆがめて訴えた。

「君がいなければ私は生きていけない。君を失うくらいなら、自ら命を捨てた方がいい。さあクリス、私に銃口を向けろ。その方が後腐《あとくさ》れなく恨みを晴らせるぞ？」

クリスは食い入るようにリュシアンを観察し、考える間を挟んで答える。

「君の言い分にも一理あるかもね。まあ、いいだろう。女性を手に掛けるのも忍びない。銃を遠くに捨てろ。懐に忍ばせているのだろう？　僕がそちらに銃を向けた一瞬の隙に撃とうと考えていたのかな？　君は早撃ちも得意だったから」

「下手な小細工など考えていない。だが、不安があるというなら言う通りにしよう」

リュシアンは懐から取り出した短銃を、十歩分ほど離れた扉の方へ投げ捨てた。

クリスは左手でノエルの体を抱きかかえ、右手の銃をリュシアンへと突きつける。

背後から首の下を押さえつけられていたノエルは身動きが取れない。下手に動けばクリスは引き金を引いてしまう。こちらに再び銃口を向けることもありえるだろう。

でもそれならそれで構わない。このまま黙ってリュシアンが撃たれるのを待つよりは。
クリスの指が銃の引き金へと動く。
「だめ！」
ノエルはとっさに首の下を押さえていたクリスの腕に嚙みついた。
そして、彼の力が緩んだ一瞬の隙をつき、銃を奪おうと右腕に飛びかかる。
「旦那！」
ノエルが床にふるい落とされたのと、入り口から声が響いたのは同時だった。
倒れ込んだノエルにクリスが銃口を向ける。
ブノアによって蹴り上げられたもう一つの銃がリュシアンの手に収まる。
引き金を引くかすかな金属音が部屋の空気を震わせた。
バン!!
けたたましい銃声がノエルの鼓膜を貫く。
撃たれた。そう思った。クリスの方が一瞬早く射撃体勢を取っていたから。
でも、撃たれたのはクリスの方だった。
彼の手に握られていた短銃が、大理石の床に涼やかな音を響かせて転がる。
銃弾を受けたクリスは目を剝き、少しの間直立した後、仰向けに倒れた。
床に転がった彼の脇腹に赤黒い染みが広がっていく。

そこは、本当なら彼が深い傷を受けていたはずの場所――。

「ノエル！」

茫然自失《ぼうぜんじしつ》の状態でへたり込んでいたノエルの元に、リュシアンが駆け寄ってくる。

「君は何て無茶をするんだ！」

抱きしめられるかと思いきや、彼は焦燥《しょうそう》をあらわにノエルの行動を非難した。

「あ、あなたにだけは言われたくないですよ！」

ノエルは反射的に立ち上がり言い返す。先に命を投げ出そうとしたのはリュシアンだ。

「私はちゃんと考えて行動していたぞ。一瞬の隙さえできれば、その男をやれると思っていた。扉の方へ銃を投げたのも、万一に備えてブノアを外に待機させていたからだ」

「一瞬の隙なんて、僕が作らなければ生まれなかったじゃないですか！」

「命を犠牲にしてまで作るものじゃない！　君は死んでいたかもしれないのだぞ？」

「あなただって僕を守るために、命を危険にさらしていたじゃないですか！　僕も同じなんです。公爵様がいなければ生きていけない。だからとっさに動いてしまった。僕には自分よりあなたの命の方が大事だから」

「……ノエル」

リュシアンは瞠目してつぶやくと、ようやく安心した様子でノエルの体を抱きしめた。

ノエルもホッとしてリュシアンの背中に腕を回す。

無事難を乗りきった喜びと安堵感が胸の奥から湧き上がり、全身へと広がっていった。

だが、愛する人の胸で息をついていたのも束の間――。

「ああ、クリス！　私のクリス！」

近くから響いた女性の叫び声にノエルはハッとして、リュシアンから体を離す。

床に視線を落とすと、王太后が血相を変えてクリスの腕にすがりついていた。

「……王太后様、だめですよ。騙された男に、そのような言葉をかけては。あなたは、誰よりも気高くあるべき女性。この国の、王太后だ」

クリスは途切れ途切れに言葉を紡ぎ、王太后をたしなめる。

「いりませんでした。そのような地位。あなたさえ側にいてくれたら」

王太后は涙を流しながらクリスの手を愛おしそうに握りしめた。

ノエルはここにきてようやく祖母の行動の真意を悟る。彼女が本当に求めていたのは権力なんかじゃない。ただ純粋に愛する人の願いを叶えようとしていただけだったのだ。

ふいに以前、祖母に言われた言葉が脳裏に甦る。

『王族はね、本当に好きな人間とは添い遂げられない運命なのよ』

あれはきっと自分自身に向けた言葉。

親子以上年の離れた男性に、彼女は初めて本気で恋をしたのかもしれない。

報われぬ愛に全てを捧げた悲しい女性の生き様は、ノエルの胸に深く刻みつけられた。

「……あなたは、本当にかわいそうな女性だ……。でも、その愚かさを、今はとても愛おしいと思う。……なぜだろうな……」

苦しそうに息をしていたクリスだったが、最後は穏やかな表情で目を閉じた。

その顔を見て、ノエルは思う。愛情を一切受けることなく育ったというクリス。祖母に深く愛されて、初めて知ったのかもしれない。人に想われることの喜びと心地よさを。

重傷を負いながらも、クリスはかすかな笑みを浮かべ、意識を失ったようだった。

緊迫感で満ちていた閣議の間が、静謐な空気に包まれる。

「へ、陛下……」

事の成りゆきを呆然と見守っていた大臣たちは皆、戸惑った表情で国王に注目した。

大臣たちと同様に青ざめていたニコラだったが、しばらく考え込むように瞑目し、意を決した様子で口を開く。

「皆、私に審判を委《ゆだ》ねてもらえないでしょうか。このような事例は法令書にはない。悪いようにはしません。王女だからといって甘くするようなこともない。罪が露見した以上、軽い処分で済ませては王族として示しがつきませんから」

真剣な面もちで提案してきた国王に、法務大臣がかしこまって返事をする。

「ぜひ陛下のお考えをお聞かせください」

難しい判断になりそうだと思ったのか、他の大臣たちも責任を押しつけるように「ぜひ、陛下」と言って意見を仰いだ。

ニコラは大臣たちを見回して頷き、話を進める。

「まずはルミエール男爵について。未遂であるとはいえ、彼は国政を揺るがす重大な事件を企てました。禁固刑は確実ですが、彼は重傷の身。急所は外れているようですし、刑務医院に収監して傷の回復を待ち、取り調べた後に判決を下すのが妥当であるかと」

慎重な考えを示す国王に、法務大臣は周りの反応を窺ってからこう返した。

「現時点では相応な判断であると存じます」

他に意見がないか大臣たちの顔を見回し、ニコラは続ける。

「王太后は男爵に利用されていただけだと考えるのが妥当でしょう。ですが、王宮を騒がせた責任は重い。しばらくは部屋で謹慎していただこうと思うのですが」

この意見には、法務大臣ははばかることなく即答した。

「さようですな。それがよろしいかと」

法務大臣は王太后派の役人だ。比較的寛容な処置にホッとしたのだろう。

今や大臣たちの多くは王太后寄りで、彼女に有利な情勢となっていたらしく、反対意見が出ることはなかった。

「最後にフォール公爵、そしてノエル」

名前を呼ばれ、ノエルはビクリと体を震わせる。

最も重要で難しい判断となりそうなのが二人への処罰だった。

大臣たちも固唾《かたず》を呑んで、どんな裁きが言い渡されるのか待っている。

ニコラは一度大きく息をつき、神妙な面もちで口を開いた。

「フォール公爵は事が露見する前に罪を自白し、全ての権利を放棄すると申し出ました。更にバルザック一族とルミエール男爵の罪を明らかにし、王室と王女の危機を救った。それらの事情と功績によって罰を軽減し、都から追放。今後十年はレミューに立ち入ることを禁じます。ノエルは王女の身分を剝奪《はくだつ》し、公爵同様、都から追放することとします！」

閣議の間には一瞬、水底のような静寂が満ちたものの、たちまちざわめきに包まれる。

大臣たちは驚きの言葉を口にしながらも、明確な意見として奏上することはできない様子だ。彼らが戸惑うのも無理はない。リュシアンの処罰が軽いと言われればその通りだし、彼が上げた功績の大きさも否定できないからである。

一方、ノエルの処遇は王族にとって極めて厳しい。処罰の軽減を訴え出るべきか迷う大臣もいるようで、彼らの声が収まる気配はなかった。

「いったん静まりなさい。反対意見があれば私に言うように」

ニコラがやんわりと大臣たちをたしなめ、閣議の間を見渡す。

すると、静まり返った部屋の一角から、ぼそりと小さな声が響いた。

「私は反対です」

声が聞こえた方向を見て、ノエルは鼓動の音を跳ね上がらせる。

王太后が憎悪のこもった目でリュシアンを睨みつけていた。

彼女の反対を受ければ、大臣たちの心証は一気にそちらへと傾いてしまう。

ノエルの不安をあおるように、王太后はゆらりと立ち上がり、口を開いた。

「なぜクリスだけがこんな目にあって、フォール公爵にはそのように都合のいい処分が下されるの？　私は納得できません！　通例通り、終身刑か国外追放処分を――」

「お黙りください、母上！　これは諸事情に鑑《かんが》み、私が国王として冷静に考えた処罰です！　謹慎処分となったあなたは口出ししないでいただきたい‼」

ニコラの声が王太后の発言を烈火のごとく遮断し、閣議の間を震撼《しんかん》させる。

王太后もノエルも大臣たちも、雷撃を浴びたかのように目を見開いていた。

誰も息一つもらさない。国王が初めて見せた威厳あふれる態度に、畏《おそ》れを抱いている様子だった。彼が母親に逆らったのも、大臣たちの前で怒声を上げたのも初めてのこと。優しく頼りない国王、そんな印象を自ら払拭《ふっしょく》した瞬間だった。

「他に反対意見はありませんね？」

落ちつきを取り戻したニコラは大臣たちを見渡し、低い声音で問う。

あのような言葉と態度を示されては、彼らに異議を唱えられるはずもない。ここで意見すれば、国王の権威を傷つけることになる。

大臣たちは完全に畏縮《いしゅく》し、誰一人言葉をもらすことはなかった。

「では、これにて本日の議会を終了することとします」

ニコラに散会を言い渡され、大臣たちは戸惑いながらも閣議の間から退室していく。

彼らによって手配された兵が二名入室し、運んできた担架にクリスを乗せようとした。

「……クリス。ああ、クリス！」

「母上」

クリスの体にすがりつこうとした王太后を、ニコラが後ろから抱き留める。

「つらい思いばかりさせて申し訳ありません、母上。でも、これからは私があなたをお守りします。権力にも若い男の愛にもすがる必要はないのです。私があなたを愛し、ずっと側にいてさしあげますから」

ニコラの真摯《しんし》な言葉が、王太后の動きを止めた。

「……ニコラ」

王太后は久しぶりに息子の名を呼び、ゆっくり振り返る。

慈《いつく》しみに満ちたニコラの双眸を見るや、彼女の口から嗚咽《おえつ》の声がこぼれた。

「……うう っ、……あああ……っ！」

悲痛な泣き声が閣議の間にこだまする。

ニコラは泣き崩れる母親をしっかり腕に抱き、ひたすら彼女の背中を撫《な》で続けた。

ノエルは涙をこらえながら祖母を見つめる。自分の口からは何も言葉をかけることができなかった。ただ願うばかりだ。彼女が心穏やかに余生を過ごせるようにと。

やがて、王太后の声は嗄《か》れ、部屋には重い沈黙が充満する。

「母上を部屋に。ゆっくり休ませてあげてください」

ニコラは入り口にいた侍女を呼び、すっかり力をなくした母親の体を預けた。

王太后は二人の侍女に体を支えられ、おぼつかない足取りで遠ざかっていく。

閣議の間にはノエルとリュシアン、ニコラの三人だけが取り残された。

「さて、最後はあなたたちだけですね」

母親の後ろ姿を見送ったニコラは一度息をつき、ノエルとリュシアンに視線を移す。

ノエルは何から話していいのかわからず、ただ父親の顔を見つめた。

「フォール公爵、娘を不幸にしたら許しませんよ。追放処分だけでは済ませませんから」

ニコラはまずリュシアンを鋭く見すえ、本気か冗談か判別できない忠告を与える。

「必ずご息女を幸せにします」

リュシアンはニコラの言葉を真摯に受け止め、頭を垂れて宣言した。

鼓動を高鳴らせるノエルに、ニコラは少し寂しそうな顔をして語りかける。

「ノエル。本当はこのような決断を下したくありませんでした。せっかく愛する娘と出会えたばかりだというのに。でも、キャロルならきっと、こうしろと言った。だから、涙を呑んであなたを手放すことにしました」

「……お父さん」

聞かなくてもわかっていた。父がどんな思いでノエルに冷徹な裁きを下したのか。臣下たちを納得させるため。そして、ノエルたちを自由にするため。リュシアンと共に生きるためには、道は一つしかなかった。父はあの処罰を言い渡すことで、国王としての厳しさと父親の優しさを同時に見せたのだ。苦渋の決断をした父の心情を思うと胸が痛い。

今にも泣きそうなノエルを気遣うように見つめ、ニコラは笑顔を作って続ける。

「二人の気持ちもよくわかりますしね。私も一度全てを捨てて、キャロルとの愛に走った。まさか娘も同じ道を選ぶとは思いませんでしたが。やはり親子なのでしょうか」

明るく振る舞う父の瞳に母への哀惜を垣間見た気がして、ノエルは胸を詰まらせた。

ニコラは少しの間、思いを馳せるように瞼を閉じ、柔らかく微笑んで告げる。

「さあ、行きなさい。愛する人と幸せになるのですよ」

曇りのない父の笑顔を見て、ノエルは感情を抑えることができずに涙を流した。

「はい。ありがとうございます、お父さん！」

衝動のままに父の胸へと飛び込んでいく。

ニコラはノエルの体を抱き留め、優しく頭を撫でてくれた。

ノエルはしばらくの間、父親の胸の中で泣く。たった数十日しか一緒にいることができなかったけれど、その短い期間で十六年分の愛を感じることができた。

今、心の底から思う。この人の娘に生まれてよかったと。

もう、しばらく会うことはできないけれど、絶対に忘れない。父親の愛がどれだけ温かく優しさに満ちたものだったかを。

ノエルは最後にニコラの体を強く抱きしめた。

そして、涙を拭い、最愛の人に顔を向ける。

父と別れることになろうとも、自分は彼と共に生きることを決めた。

ここからは今までとは全く違う新しい人生が待っている。

「行こう、ノエル」

リュシアンが穏やかな表情で手を差し伸べてきた。

「ええ、旦那様」

ノエルは笑顔で夫の手を取る。どんな世界が待っていても、彼が側にいれば怖くない。

二人は手を繋ぎ、見つめ合いながら部屋の外へ出た。すると――。

「何で、すっかりかんになったってのに、あんたたちはそんな幸せそうなんですかね」

少しあきれた口調で二人を揶揄する男の声が響いた。

「俺も連れてってくださいよ。どこまでもお供しますから」

「……ブノアさん」

廊下の壁に寄りかかっていたブノアの姿を目に留め、ノエルは放心した声をもらす。

「あたしもついてくわよ。ご主人様のためなら地の果てまでだってね」

「私も、来るなと言われても、最後までお仕えいたします。賃金もいりませんから」

続けざま響いた声に、ノエルだけでなくリュシアンも目を丸くした。

「リディさんにセルジュさんも⁉」

ノエルはもはやわけがわからない。リュシアンとブノアにしたって、よくここまで入ってこられたものだと不思議に思っていたが。

「実は、エリック様に王宮まで来るよう呼び出されました。お力をお借りし、ここまで通していただいたのです」

「……叔父上が？」

「ええ、餞別《せんべつ》ですって。何もなければお坊ちゃま育ちのあなたは苦労するだろうから、しばらく力を貸してやってほしいって。お小遣いまでいただいちゃって。ま、そんなものもらわなくても、もちろんついていきますけどね」

セルジュとリディの説明にノエルは目を瞬き、リュシアンと顔を見合わせた。どうやら、リュシアンの叔父のアラゴ侯爵が一役買ってくれたらしい。

でも、何もない自分たちについてきてくれるなんて。

「皆さんが一緒で心強いです」

ノエルは笑顔で素直な気持ちを伝えた。彼らと別れずに済んで、とてもうれしい。

「ついてくるのは構わないが、私たちの新婚生活を邪魔するなよ」

リュシアンは微笑を浮かべつつ、仕方なさそうに告げる。

「さっそく始まったぜ」

ブノアはあきれたように肩をすくめ、他の従者二人を見た。

セルジュは無表情、リディは今にも男性化しそうなしかめっ面。かと思いきや、ブノアが吹き出すと同時に、二人の口元にも笑みがこぼれた。程度の違いこそあれ、皆笑顔だ。

ノエルも目に涙を浮かべながら笑った。

リュシアン以外の全てをなくすことになると思っていたのに。セルジュもリディもブノアもいる。リュシアンと彼らがいれば、きっと笑顔の絶えない楽しく幸せな生活を送ることができるだろう。

ノエルは従者三人に囲まれながらリュシアンと手を繋ぎ、希望に満ちた未来に向かって歩き出したのだった。

終

石の柱が二つ置かれただけの簡素な門。黒っぽく塗装された松の外壁。敷地《しきち》の周りを覆う柊《ひいらぎ》の生け垣に、茫々《ぼうぼう》と生えた草。外観はまるで幽霊邸《やしき》だった。

一見廃墟《はいきょ》にも見える古びた二階建ての邸宅から、甲高い女性の怒声が上がる。

「こらぁ～！　あたしのエプロンに落書きしたのは誰？　この絵はレミー坊ちゃんね！　今度やったらお父様に言いつけるわよ！」

イスにかけていたエプロンを見たリディは、目を三角にして少年を怒鳴りつけた。

叱《しか》られた少年は青緑の瞳《ひとみ》を爛々《らんらん》と輝かせ、リディを挑発する。

「や～い、リディが怒った、リディが怒った、男みた～い」

「こんのクソガキッ！」

リディは低い地声を上げ、外へと逃げ出す少年を追いかけた。

亜麻色の短髪が風をはらんで踊っている。少年は素早い身のこなしでリディの手をかわし、庭の木をよじ登っていった。

ひらひらのメイド服を着ていたリディは、それ以上後を追っていくことができない。悔しそうにエプロンを噛《か》みしめ、少年を見上げている。

一方、近くの茂みの前では、喧噪《けんそう》に気づく様子もなく一人の男が寝そべっていた。

その男に、少年よりも明るい色合いの目と髪をした幼い少女が近づいていく。

「えいっ」

少女に鼻をつままれたブノアは、「ふがっ」と息を詰まらせ、起き上がった。

「おまっ、キャロル！　またいたずらしたな～？」

叱ろうとしたブノアに、少女はすました顔で注意する。

「サボりはだめなのよ？　かあさまが言ってたんだから！」

言葉を失うブノアを尻目《しりめ》に、少女はその場から走り出した。

「わ～い、おばけやしきだぁ！」

初めて目にした不気味で大きな建物にすっかり興奮している様子だ。

「キャロル、どっちが早くおばけを見つけるか競争だ！」

木から飛び降りた少年も、妹の少女に声をかけ、一緒に庭を駆け回った。

その姿を一階の部屋から眺めていたノエルは、窓を開けて二人に呼びかける。

「レミー、キャロル、門の外に出たらだめですよー？」

「は～い」

母親の忠告には、いたずらっ子な二人も素直に返事をし、探索ごっこに興じ始めた。

少年の追跡を断念したリディだったが、ノエルのいる窓辺まで寄っていき、いまだに苛《いら》立《だ》ちを抑えきれない様子で吐き散らす。

「まったく、とんだ腕白《わんぱく》とお転婆《てんば》ね！　下の二人はあんたにそっくりよ！」

「ちょっとそれ、どこから来た偏見です？　私はあんなに元気じゃありませんでしたよ」

心外だ、というようにノエルは肩をすくめて反論した。

近くにいたブノアも二人の会話に加わってこぼす。

「上の二人は父親に容姿も似て大人しいんだけどな。ひきこもり気質で心配になるくらいだぜ。上と下でここまで特徴がわかれるとはな」

その意見にはノエルも同意し、しみじみと頷《うなず》いた。リュシアンとの間に授かったのは、長男のアレクシスと次男のロイク、三男のレミーと長女キャロルの四人。それぞれに個性があってとてもかわいく、皆いい子なのだが、下の二人は元気がよすぎる。特にキャロルは女の子だから、将来が心配だ。せっかく優しくて淑《しと》やかだった母の名前をつけたのに。

そう、生前一度も口にできなかったノエルの母親の名を。

「ねえ、そろそろかしら？」

感傷的な気持ちになりかけていたところで、リディが含みありげに声をかけてきた。

「そうですね。お茶の準備をしてもらってもいいですか？　この邸についてから、茶菓子

「じゃ、俺は買い出しに行ってくるわ。引っ越したばかりで、ろくな食材がねえからな」

「任せといて」

だけは焼いていたんですけど」

ノエルは二人に微笑を浮かべて頼み、自らも準備を始める。今日はノエルたちにとって特別な日。都を追放されてからちょうど十年。ついに帰京を許されたのだ。

「はい。お願いします」

あの後、ノエルとリュシアンは正式に結婚し、一市民として新しい生活を始めていた。ノエルが昔過ごした村から始まり、その後は母の田舎へ。リュシアンの仕事とノエルの絵が認められるようになり、次は更に規模の広い町へ出た。家族もどんどん増えていき、気づいたらもう十年。ちょうど二人に大きな仕事が入り、レミューに戻ってくることになったのだ。以前暮らしていたこの古びた邸に。

「ノエル！」

過去を振り返りながら玄関の掃除をしていると、聞き覚えのある男性の声が響いた。

ノエルは手を止め、門の方へと顔を向ける。

少し癖のある金髪を一つに束ねた青い瞳の青年が、こちらへと近づいてきていた。

「レナルド⁉」

ノエルは驚きの声を上げ、古き友を出迎える。

「久しぶり！　よく来てくれたね。何だか随分立派になっちゃって。君の噂《うわさ》は耳にしているよ。先月首席宮廷画家に昇進したんだって？　その年ですごいじゃない」

確か最年少記録だ。ノエルは都外で聞いた噂話を思い返し、改めて友の姿を観察した。背は少し伸び、大人びた顔つきになっている。もう少年の印象は微塵《みじん》もない。彼も今年二十八。これだけ若くて容姿にも恵まれ地位まで築いていたら、相当女性にもてるだろう。

「君は変わらないね。顔は十年前のままだよ。体つきはずっと大人っぽくなったけど」

レナルドもまじまじとノエルを見つめてきた。ノエル自身は今言われた通り、顔は全く変わっていない。髪はかなり伸び、女性らしく編み込みを入れて束ねている。身につけているのは、民間で流行《はや》っているシュミーズ型のシンプルなローブだ。子供を四人産んで胸が大きくなったため、体だけなら大人の女性に見えると思うのだが。

「顔のことはね、私も悩んでるの。童顔だって。旦那《だんな》様には『このまま年を取ったら親子に間違われるから早く成長してくれ！』なんて言われる始末でね」

「ははっ、若すぎる顔立ちは君の一族の宿命なのかもしれないな」

ノエルがこぼした悩みにレナルドは笑い声を上げ、冗談っぽく言及した。

祖母と父の顔を思い浮かべ、その通りかもしれないとノエルは肩を落とす。

せっかく友が訪ねてきてくれたのに、立ったまま愚痴を聞かせるのも悪い。

「さあ、中に入って。座って話をしよう」

ノエルはレナルドの腕を引き、邸の中へと誘《いざな》った。

今日はノエルたちの帰京を祝い、仲間が集まることになっている。約束していた時間は夕刻前。レナルドは少し早めに仕事を切り上げ、駆けつけてくれたようだ。

レナルドを食堂に招き、ノエルは用意していた茶菓子や紅茶をテーブルに並べていく。

シナモンとカスタードをふんだんに入れて焼いたさくさくのアップルパイ。ココナッツとレーズンを交ぜ、こちらはしっとりと焼いたオレンジ風味のパウンドケーキ。レモンクリームを挟んだマカロンに、チョコチップクッキー。時間と材料がなく、甘いお菓子しか準備できなかったが、どれも心を込めて作ったノエルの自信作だ。

「さあどうぞ、遠慮なく召し上がれ」

テーブルに並んだ焼き菓子を見たレナルドは唾《つば》を呑《の》み込《こ》み、感嘆の声をもらした。

「立派な奥さんになったんだね。四人も子供がいるそうだし、色々大変だっただろう？　陛下もすごく心配されていたよ。今日も『娘と孫に会いたい！』と駄々をこねていたんだけど、大事な閣議があるからって大臣たちに止められていてね。代わりに、よーく話を聞いてくるよう言い含められてきたんだ」

爺《じじ》バカっぷりを発揮する父親の話に苦笑し、ノエルは過去の苦労を思い出して返す。

「確かに大変だったよ。子育てに家のことに絵の仕事もあるでしょう？　日々時間との戦いでね。リディさんたちが家事と育児を手伝ってくれなかったら立ちゆかなかったよ」

溜息《ためいき》をついたノエルに、レナルドはクスリと笑って、こう確認した。

「そんな生活で明日から大丈夫？　君、選ばれただろう。カーラ王太子妃の専属画家に」

ノエルは大きく頷き、胸を張って主張する。

「もちろん、更にがんばるつもりだよ。明日からよろしくお願いしますね、首席」

そう、地道な画家活動の努力が実を結び、ついにノエルは宮廷画家になることが決まったのだ。町の展覧会でノエルの絵を見かけたヨハンの奥方、王太子妃に惚《ほ》れ込《こ》まれて。

ヨハンやニコラであれば手心を加えたのだと疑うところだが、王太子妃とは面識もない。実力で選ばれたのだと自負している。彼女とは一度話をしてみたが、美術にも造詣《ぞうけい》が深く、とても気だてがよくて聡明《そうめい》な女性だった。ヨハンとは夫婦仲もいいらしい。彼女ほど王太子妃にふさわしい女性はいないだろう。

「何かあったら遠慮なく言ってね。君のことは陛下からもよろしく頼むと言われている」

「ありがとう。皆の期待に応《こた》えるべく、精一杯力を尽くすよ」

実力で選ばれたと思ってはいるが、ニコラやヨハンの力がなければ、夢を叶《かな》えることはできなかった。ノエルは父たちに感謝し、彼らの功績に思いを巡らせる。

ニコラは王太子になったヨハンと力を合わせ、次々と法制度の改革に着手していった。彼らが先んじて進めた改革こそ、女性の社会進出。女性も国の主要な職業に就《つ》くことが認められ、宮廷画家になる道も開かれたのだ。ノエルはその第一号となる。

今では宮廷画家の規則もかなり緩やかになり、通いで勤めることも可能になった。そのおかげで、ノエルのように結婚した女性でも宮廷画家になることができたのだ。

「ただ、一つ問題があってね」

ノエルは頬《ほお》に手を当ててこぼす。さっそくで申し訳ないが、宮廷画家の長であるレナルドには話しておかなければなるまい。発覚したばかりの重大な問題を。

「問題って？」

首を傾《かし》げたレナルドに、ノエルが口を開こうとしたその時――。

「ノエル！」

懐《なつ》かしさを覚える声が食堂の入り口から響き、ノエルは瞠目《どうもく》して振り返った。

「ユベール叔父さん！　カミーユ先生も！」

リディの案内を受けて、二人が食堂へと入ってくる。ユベールは相変わらずのぼさぼさ頭でラフな服装。カミーユも十年前とほとんど容姿が変わらない。二人とも目元に少しだけ月日の経過を感じさせる線が垣間見《かいまみ》えるものの、まだ十分に若い印象がある。

「久しぶりだな。元気だったか？」

ユベールに明るく問いかけられ、ノエルは笑顔で答えた。

「うん、もちろん！　叔父さんの方は？」

上機嫌だったユベールの顔が、ふいに苦虫を噛みつぶしたようにゆがむ。

「俺はこの鬼畜クソ社長にこき使われて過労死寸前だ！」

「仕事を回してやっているのだ。ありがたく働け」

勝手に席についたカミーユは、淡々とユベールを諭《さと》した。

「仕事にも限度ってもんがあるだろう！　月に五枚仕上げろとか、アホかっ！」

「お前の絵は我が社で一番需要があるのだ。この私を抜かせばな。ありがたい話だろう？　絵を宣伝して世界に売ってやっているのだ。お前はオーナーへの敬意と感謝の気持ちが足りなすぎる。文句ばかり言うならクビにするぞ？」

「ああ、しろしろっ！　自由の身になれてせいせいすらあっ！」

また始まったと、ノエルは頭を押さえた。一緒に仕事をしているというのに、二人の間にはいまだに喧嘩《けんか》が絶えない。

カミーユは八年前に惜しげもなく宮廷画家を辞め、今は美術商《ギャラリスト》として自らも絵を描きながら商売をしている。絵画の輸出の規制が緩んだのを契機に、世界を相手にした会社を設立したのだ。始めはユベールと二人だけだったが、今では十名の才気煥発《かんぱつ》な画家と契約する大きな会社となっていた。なんでも、ノエルの言葉が事業を始めるきっかけとなったらしい。王宮でユベールのことを話している時に言ったらしいが、全く身に覚えがない。

過去を振り返っている間も、ユベールとカミーユは口喧嘩を繰り広げていた。

ノエルは「まあまあ」と言って、二人の間に割って入る。

「二人とも、忙しい時にありがとう。レナルドもね。皆、仕事がうまくいってるみたいで何よりだけど、家庭の方は？　もういい年だよね？」

空気を明るくしようと何気なく訊《き》いたのだが――。

……しん……。廃墟のような静寂で食堂は支配される。

喧《やかま》しかったのに、一気にしんみりした空気に変わってしまった。まずい質問だったか。

三人の反応を窺《うかが》っていると、レナルドが唇をひきつらせてこぼした。

「僕は宮廷画家の仕事が忙しすぎてね。女性と会う時間なんて取れないんだ」

「右に同じだ」

ユベールは苦々しそうに顔をしかめてぼやく。

「私はつき合っていた女性ならば何人かいたぞ。だが皆、私への愛が明らかに足りない。この私と釣り合う女性はなかなかいないものでな」

カミーユは偉そうに腕を組んで答えた。

「こいつは一生結婚できねえな」

「おい、ユベール、お前にだけは言われたくないぞ！」

二人の口論にまた火がついてしまう。

きりがないので、ノエルはもう二人を放っておくことにした。

「順風満帆なのは君だけみたいだね。それで、フォール公爵、いや君の旦那様は？　今日引っ越してきたばかりだから邸にいるんだよね？」

険悪な空気を変えたかったのか、レナルドが硬い笑顔で尋ねてくる。

「それが、ここについてすぐセルジュさんと出かけてしまって。演奏会のお仕事を入れてしまったみたいなの」

困ったものだと、ノエルは溜息をついて答えた。

「ああ、君の旦那様は今や、美貌《びぼう》の天才ピアニストとして引っ張りだこだからね。やっと王都への帰還を許されたんだ。周りが放っておかないだろう」

リュシアンの不作法に理解を示してくれたレナルドだったが、主人が不在だなんて、ノエルは肩身が狭い。夫がピアニストとして成功し、公演の依頼が殺到しているのは本当にありがたいことなのだけど。こうして皆が集まってくれたのに。

ノエルの心情を読み取ったのか、喧嘩を終わらせたばかりのユベールが口を挟む。

「何もこんな日に仕事をすることはねえだろうにな。新しい場所でガキどもも不安だろうし、俺たちが今日訪ねてくることは知らせてたんだろ？」

「う、うん。そうなんだけど……」

ノエルはどう返していいかわからず言葉を詰まらせた。三人が会いにきてくれるから時間を空けてほしいとお願いした時、夫に言われた言葉がある。でも、さすがにそれを彼らに伝えるわけにはいかない。適当に話を流そうとしたその時――。

「とうさま、言ってたわよぉ？　あの三人になら別に会わなくてもいいって」

「キャ、キャロル！」

突然食堂へと入ってきた娘に、ノエルは狼狽《ろうばい》の声を上げた。お菓子の匂《にお》いに釣られてやってきたようだ。大好物のアップルパイを物欲しそうに眺めている。

娘はあの時の夫婦の会話を聞いていたのだ。それを今、言うなんて……。

ノエルはどうにか弁解しようと三人の顔を見た。

しかし、正直な子供の発言を否定する言葉など思い浮かぶはずもなく、その前に――。

「まったく、あいつのかわいげのなさは相変わらずだなっ」

ユベールが苛立ちをあらわに吐き捨てたのだった。


群青の空に満月がかかり、門までの小道を明るく照らしている。

三人を見送り、子供たちを寝かしつけた後、ノエルは食堂の窓辺にイスを置いて座り、夫の帰りを待っていた。どんなに遅くなっても、食事を用意して出迎えるのが妻の務め。そう自分を戒《いまし》め、十年間怠《おこた》ることなくその役割を果たしてきたのだ。

でも、今日はさすがに帰りが遅い。郊外での公演だと話していたから、移動に時間がかかっているのだろうか。少し心配になっていると、外から馬蹄《ばてい》の音が聞こえてきた。

ノエルはすぐに席を立ち、玄関へと駆け出していく。

扉を開けて外に出たところで、ちょうど馬車が止まった。

「ただいま戻りました、奥様」

御者を務めていたセルジュがノエルに気づき、帰宅の挨拶《あいさつ》をする。

「ご苦労様です、セルジュさん」

ノエルは玄関前の小階段を下りていき、ねぎらいの言葉をかけた。

「申し訳ございません。このような日に、遅くなる仕事を入れてしまい」

「いいんですよ。あの人が勝手に受けたのでしょう？　本当に困った人」

「おい、仕事を終えて疲れている夫に小言を言うなよ」

車輿《しゃよ》の中から苦々しそうな声が上がる。そして、扉が開き、燕尾形《えんびがた》の黒いフラックとパンタロンをまとった秀麗な男性が降りてきた。

きっちり一つにまとめられたプラチナブロンドの髪は月光を受けて輝きを増し、湖のように透き通った瞳は落ちついた光をたたえている。三十を過ぎてもその美しさが色褪《いろあ》せることはない。今でもたまに夫の容姿を惚《ほ》れ惚《ぼ》れと観察してしまう。

「お帰りなさい、あなた」

ノエルはリュシアンが手にしていた鞄《かばん》を受け取って告げた。

「ああ、今帰った」

リュシアンもお決まりの言葉で応える。

「お食事の方は？」

「もちろん済ませていない。わかっているだろう。外の食事は口に合わないんだ。昼から何も食べていなくて腹が減った」

夫のこの習慣にも困ったものだった。どうにもならない時を除き、彼はいまだにノエルの手料理しか食べようとしないのだ。

あきれはするもののうれしい気持ちもあり、ノエルは微笑を浮かべて応じる。

「じゃあ、すぐに用意しますね。セルジュさんは？」

「私はたらふく食べてきたのでお構いなく。馬車を置いたら、休ませていただきます」

セルジュは素っ気なく言って手綱《たづな》を振り、厩舎《きゅうしゃ》へと向かっていった。

「あいつ、最近ふてぶてしくなってきたな」

リュシアンは馬車を見送りながら不満そうにぼやく。

「あなたのマネージャーは重労働なんですよ。安い給金でしっかり働いてもらっているんですから、文句を言ったらばちが当たりますよ」

ノエルはやんわりと夫をたしなめた。本当にセルジュは文句も言わずによくやってくれている。リュシアンがピアニストとして名を挙げることができたのは、彼の功績も大きい。敏腕マネージャーとして、営業からスケジュールの管理、財務処理に至るまで何でも完璧《かんぺき》にこなしてくれるため、とても助かっている。確かに、ノエルやリュシアンに対し、どんどん遠慮がなくなってきている気はするが。

「食事の前に子供たちの顔が見たい。もう寝てしまったか？」

玄関ホールに入ると、リュシアンが子供部屋のある二階を見上げて訊いてきた。

「ええ。初めてのお邸に、すっかりはしゃいでしまって。でも、あなた、こんな日に仕事を入れることはないんじゃないですか？　せっかく皆がお祝いに来てくれたのに」

今日の話をするとやはり納得できない部分もあり、小言めいた言葉が出てきてしまう。

「仕方がないだろう。この邸を買い戻すのにだいぶ出費がかさんでしまった。それに四人も子供がいるのだ。私が稼がなければ」

リュシアンは少しムキになって言い返した。ノエルにも画家としての収入があるのだが、妻の給料には頼りたくないらしい。一家の大黒柱としての男の意地だろう。

その気持ちも理解はできるので、ノエルは発破をかけることにした。話そうと思っていたことを伝える、ちょうどいいタイミングでもある。

「旦那様、もう一人分稼いでもらう必要があるかもしれません」

遠回しに告げると、リュシアンはすぐ本意に気づいたのか、大きく目を見開いた。

「できたのか？」

「……ええ。おそらく」

ノエルははにかんで頷き、おなかに手を当てる。昼過ぎにつわりがあって気づいた。四人も子供を産んだのだ。母親としての勘はまず間違いなく当たるだろう。

しばらくの間瞠目していたリュシアンだったが、うれしそうにフッと微笑《ほほえ》んで告げた。

「よくもまあ、ぽんぽんと。君は本当に犬のようだな」

子供ができたと言われて、返す言葉がそれか。夫の反応に、ノエルは頬を膨《ふく》らませる。

「もうっ、誰が産ませているんですか？　せっかく宮廷画家になれたのに、また産休期間を設けなくてはいけません」

昼間レナルドに話していた問題がこれだ。とても重大で贅沢《ぜいたく》な悩み。

大変なことだけれど、ノエルにとっては大いなる喜びだったというのに、夫は冗談めいた言葉しか言ってくれないのか。

唇をとがらせ、そっぽを向いていると、ふいに体が優しいぬくもりで包まれた。

リュシアンが後ろからノエルの体を愛おしそうに抱きしめてくる。

「不思議なものだ。私は不器用な人間で、たった一人しか愛することはできないと思っていた。だが、君以外にもう四人、おなかの子を含めたら五人か。愛すべき存在がどんどん増えていく。君が運んでくれるおかげだな」

「……あなた」

これ以上にないほど心のこもった言葉を贈られ、ノエルの心臓は一気に熱を帯びて高鳴った。夫は無神経なようでいて、ちゃんと心得ている。どうすれば妻が喜ぶのかを。

自分こそ大切なものをたくさん運んでもらっている。四人の子供たちに、おなかに宿った新しい命。夫に抱いている今の気持ちも、共に摑《つか》んだ夢も、仲間も、全てがかけがえのない宝物だ。

「旦那様、私、とっても幸せです。あなたと一緒になれて」

ノエルは首を斜め後ろに傾け、夫の美しい双眸《そうぼう》を見つめた。

「私もだ」

リュシアンも妻の顔を見つめ返し、耳元でささやく。

肩を引き寄せられ、ノエルはゆっくり瞳を閉じた。

二人の吐息が絡まり、唇は溶け合うように重なる。

仮面夫婦だった頃の名残《なごり》はもうどこにもない。

何年たとうと変わることなく、仲睦《むつ》まじい夫妻の姿がそこにあった。

偽装結婚から始まった二人は、やがて真実の愛で結ばれた本当の夫婦に。

これからもずっと紡がれることだろう。爵位はない、けれども全てを手に入れた夫妻の甘く幸福な物語が——。

fin

あとがき

お手に取っていただきありがとうございます。皆様のおかげで「公爵夫妻」シリーズ三作目をお届けすることができました。

父親と会う目的を果たし、リュシアンとも晴れて両思いになったノエル。二巻で終わっても悔いが残らないように大方の伏線は回収したつもりでしたが、続編のお話をいただき、どうしようかしばらく考えました。書くからには蛇足だと思われるような話にはしたくない。更に楽しんでいただけるような作品になればと思い、執筆を始めました。

ノエルを狙う恋のライバルたちや親バカっぽい父親、王位継承についてなどなど、多くの問題を残していたわけですし、結果的にこの三巻なくしてシリーズは成立しなかったと思います。二巻で終わっていたら物足りなかっただろうし、四巻もとなれば蛇足になっていたと思うので、個人的にちょうどいい形で終わらせることができました。

二巻のあとがきで宣言した舞踏会などの華やかな要素や、ノエルの奥様＋お姫様ライフについても存分に書けて満足。納得のいく形で完結させられたのは、制作に携わってくださった方々、家族、親戚、友人、そして何より読者の皆様のおかげです。

とはいえ、「公爵夫妻」シリーズは紆余曲折だらけで、諸般の事情で発売延期になったことも度々《たびたび》もありました。自分の力ではどうにもならず、落ち込むたびに読者の方のお手紙を読んだり、周囲の応援に励まされ乗り越えることができたのです。

そんなこんなで気がつけば、もうデビューして五年。三シリーズを完結に導くことができました。豆腐メンタルな私がよくここまでやってこられたものだなと、自分自身が一番驚いています。

今回はシリーズ完結＆デビュー五周年記念ということで、この本以外にも色々と書かせていただきました。詳しくはホワイトハートの公式ホームページをご覧ください。本編の後のお話なんかも載せてもらっていますので、ぜひ！　そういえば二人の結婚式やっていなかったなぁと思いまして。彼らの子供についても書けたし、これでやり残したことはありません。

この先については、大海原が広がるばかりでどうなるか未知数ですが、きっと物語を紡ぐことはやめないと思います。またどこかでお会いできれば幸いです。

それでは、ここまで読んでいただき本当にありがとうございました！

ノエルたちが少しでも皆様に幸福な気持ちをお届けできていれば、作家として無上の喜びです。

二〇一七年　八月　芝原《しばはら》歌織《かおり》

＊本作品はフィクションであり、実在の個人・団体・事件などとは一切関係がありません。

『公爵《こうしゃく》夫妻《ふさい》の幸福《こうふく》な結末《けつまつ》』、いかがでしたか？
芝原《しばはら》歌織《かおり》先生、イラストの明咲《あさき》トウル先生への、みなさまのお便りをお待ちしております。

芝原歌織先生のファンレターのあて先
〒112-8001　東京都文京区音羽2-12-21　講談社　文芸第三出版部「芝原歌織先生」係
明咲トウル先生のファンレターのあて先
〒112-8001　東京都文京区音羽2-12-21　講談社　文芸第三出版部「明咲トウル先生」係

N.D.C.913　248p　15cm

芝原歌織（しばはら・かおり）

宮城県在住。蟹座のO型。
ホワイトハート新人賞を受賞し2012年にデビュー。著作に、天然女官と美形皇子の恋と活躍を描いた宮廷ラブロマンス「大柳国華伝」シリーズ、男嫌いな女王と彼女に恋する美男子たちが繰り広げる中華風ラブコメ「逆転後宮物語」シリーズがある。

講談社X文庫

white heart

公爵《こうしゃく》夫妻《ふさい》の幸福《こうふく》な結末《けつまつ》

芝原《しばはら》歌織《かおり》

●

2017年11月1日　第1刷発行

定価はカバーに表示してあります。

発行者――鈴木　哲
発行所――株式会社　講談社
　　　　東京都文京区音羽2-12-21 〒112-8001
　　　　電話 編集 03-5395-3507
　　　　　　 販売 03-5395-5817
　　　　　　 業務 03-5395-3615
本文印刷―豊国印刷株式会社
製本――株式会社国宝社
カバー印刷―半七写真印刷工業株式会社
本文データ制作―講談社デジタル製作
デザイン―山口　馨

ISBN978-4-06-286964-5

講談社X文庫ホワイトハート好評既刊
大柳国華伝
Dairyukoku Kaden
芝原歌織
Shibahara Kaori
イラスト 尚 月地
Nao Tsukiji
豪華絢爛《けんらん》な後宮で
春華《しゅんか》を待ち受けていたのは――
中華風宮廷ラブロマン
シリーズ好評既刊
紅牡丹は後宮に咲く
百花の姫は恋を知る
花の王は桃園に誓う
暁の花は宮廷に舞う
蕾《つぼみ》の花嫁は愛を結ぶ
比翼連理《ひよくれんり》

講談社X文庫ホワイトハート好評既刊
昼は女王《男嫌い》で夜は水神《男好き》!?
男嫌いの姫君が美形だらけの男の園に!
芝原歌織
SHIBAHARA KAORI
イラスト 明咲トウル
ILLUSTRATION ASAKI TOURU
逆転後宮物語
★シリーズ好評既刊★
契約女王はじめます
初恋の花咲かせます
愛の告白とどけます
永遠《とわ》の愛を誓います

講談社X文庫ホワイトハート・大好評発売中！

英国妖異譚

篠原美季
絵／かわい千草

第8回ホワイトハート大賞〈優秀作〉。英国の美しいパブリック・スクール。寮生の少年たちが面白半分に百物語を愉しんだ夜から〝異変〟ははじまった。この世に復活した血塗られた伝説の妖精とは!?

天空の翼　地上の星

中村ふみ
絵／六七質

天に選ばれたのは、放浪の王。元王族の飛牙は、今やすっかり落ちぶれて詐欺師まがいの放浪者になっていた。ところが故国の政変に巻き込まれ……。疾風怒濤の中華風ファンタジー開幕！

黄昏のまぼろし
華族探偵と書生助手

野々宮ちさ
絵／THORES柴本

毒舌の華族探偵・小須賀光、華やかに登場!!　京都の第三高等学校に通う書生の庄野隼人は、ひょんなことから華族で作家の小須賀光の助手をすることに。華麗かつ気品ある毒舌貴公子の下、庄野の活躍が始まる!?

女伯爵《コンテッサ》マティルダ
カノッサの愛しい人

榛名しおり
絵／池上紗京

トスカーナの伯爵家に生まれ、何不自由なく暮らしていたマティルダ。しかし父の死を機に運命が動き始める。彼女を救い導いた修道士への初恋は、尊い愛へ昇華する。歴史的事件「カノッサの屈辱」の裏に秘められた物語。

薔薇の乙女は運命を知る

花夜光
絵／梨　とりこ

少女の闘いが、いま始まる!!　内気で自分に自信のない女子高生の牧之内莉杏の前に、二人の転校生が現れた。その日から、莉杏の運命は激変することに!?　ネオヒロイックファンタジー登場！

ホワイトハート最新刊

公爵夫妻の幸福な結末

芝原歌織　絵／明咲トウル

仮面夫婦、晴れて相思相愛、のハズが……？　ノエルの出自が判明し、契約結婚相手のリュシアンとの仲が激変!?　せっかく想いを確認したのに、ふたりの未来には暗雲がたちこめて……。感動の大団円！

ブライト・プリズン

学園の王に捧げる愛

犬飼のの　絵／彩

秋めく王鱗学園に、変革の時が迫る！　薔への独占欲から教祖暗殺を決意した常盤は、南条家の秘密を探ろうとする。一方、薔は苦境に陥った楓雅のために学園脱出を心に決め、常盤に助力を求めるが……。

月の都　海の果て

中村ふみ　絵／六七質

放浪王・飛牙、東国で（またしても）受難!?　元・王様の飛牙と、彼に肩入れして天に戻れなくなった天令の那兪は、武勇で名高い東国・越へ。ところがそこで予想外の内紛に巻き込まれ……。シリーズ第3弾！

霞が関で昼食を

恋愛初心者の憂鬱な日曜

ふゆの仁子　絵／おおやかずみ

甘くて美味しい官僚たちの恋を召し上がれ♡　一緒に暮らすことにしたはずなのに、一向に引っ越してこない樟。キス以上のことを、自分から誘うこともできず、内心悶々とする立花だが、急な海外出張が決まり——。

恋人の秘密探ってみました

～フェロモン探偵またもや受難の日々～

丸木文華　絵／相葉キョウコ

魔性のお色気探偵のトラウマ発覚!?　映を「フェロモン体質」にした因縁の男が帰国！　過去を知られたくない映だが、助手兼恋人の雪也は、手練手管で体を攻めて秘密を暴こうとしてきて!?　シリーズ第4弾！

ホワイトハート来月の予定（11月30日頃発売）

龍の眠る石　欧州妖異譚17 ……………………… 篠原美季

アラビアン・プロポーズ　～獅子王の花嫁～ ……… ゆりの菜櫻

※予定の作家、書名は変更になる場合があります。